人子

鹿橋
Nelson Ikon Wu

從9歲到99歲都適讀的寓言故事集

回到文字家園裡徜徉

紀金慶／臺灣師範大學、海洋大學兼任助理教授

我是一個在大學教授美學與哲學的教授，長期以來也是一個文學發燒友。因為職業的屬性，過去我大多關注具有抽象思辯旨趣的文學。

意外的，前陣子因為臺灣商務印書館的邀請而重新閱讀了鹿橋前輩的《人子》，一下子，時光彷彿倒回到我還年輕的時代，無需理論，不待思辯，在鹿橋前輩的文學裡，人與文字的相遇是如此的質樸、自然而優美。在這樣的小說裡，文字完全沒有斧鑿的痕跡，一切都像是生命經驗中最核心的內裡向外在世界徐而悠遠的輕柔流露，而任何深遠的思辯自在其中。

現代世界的匆忙與現代體制的僵化，讓我們許久遺忘了始終駐留於我們生命內核

中某種看似輕柔實則綿長的存在，而在鹿橋前輩的文字中，總會喚醒我們另一個生命維度始終都在，只要你願意，有個家園仍在為異鄉遊子敞開。

寫給所有人的人間故事

《人子》是寫給從九歲到九十九歲的孩子們看的故事。九歲以前的就由母親講給他們聽。

只要喜歡聽就好，不一定要都懂，不但是聽的人不必都懂，講的人也不必都懂。

因為我不但寫的時候沒有想這懂不懂的問題，到現在自己也未必真懂得都說了些甚麼。可是我寫人子故事的時候始終都很喜悅，現在寫完了，心上直捨不得！

這懂不懂的話是指故事裏的意思，不是指所用的文字。《人子》的文字都是簡單、清楚的大明白話。描寫的風光、情境，又都盡力避免文化同時代的狹窄範圍，好讓我們越過國界，打通時間的隔膜來向人性直接打招呼。書中人物都沒有姓名，除了很明顯、有必要的時候，故事發生的地方也都沒有地名。

這樣，這些故事既然不可能是任何人的真經驗，就可以超出個別的實際經驗讓我們不分彼此，欣賞一種同感。

《人子》的章法也很簡單：〈汪洋〉孕育著所有的人子故事，〈渾沌〉給它們做了大結束。同時，看了〈渾沌〉之後，〈汪洋〉就再也約束不了那少年航海手了。

自〈幽谷〉到〈明還〉，一篇一篇像是做加法：一加一，加一，加一。〈明還〉裏幾次呈現一種渾圓又運轉的意象，把「渾沌」引來。「渾沌」則做了乘法：變化從此不但加快，而且可能性也忽然增多，因此可以達到無窮！

於是，才在冥冥之中意識到永恆。

永恆是靜的。靜中又蘊藏著無限的動的可能。

〈不成人子〉是反照全篇的一段文字，也是一個小小的標點符號。像是一個小釘子，把這些虛幻的故事最後還是牢牢地釘在人間。人間就是這些故事的土壤，這些故事應該深深埋在這土壤裏。

看《人子》最不宜拿一篇來比一篇，更不要拿《人子》跟《未央歌》比；將來也不要拿《人子》、《未央歌》來比「六本木」，或是許許多多我還沒有發表的文字。但是恐怕終不免被人比來比去，因為目下這個世界太愛比了。

在這裏我不禁要說一句話，就是凡是有章法的結構，每篇必有它的情韻、地位同責任。像一席菜餚一樣，必要用心配合排列。若都是大葷，或都是醬瓜泡菜，那怎麼可以？但是客人若祇愛喫一個味道，那就祇好給他一菜一湯的客飯，不能為他備辦筵席。

其實不但是一個人的作品，就是他的一生也恐怕有個章法，不過不容易一眼就看出來。

從渾沌又回到渾沌，從清虛又回到清虛，宇宙又何嘗沒有一個章法？人還是不免要比，於是各個文化都有它的堯舜之世，也都嘆息人心不古。比了之後就喜歡這個，厭惡那個。其實這裏也是一個大章法，其中的每一個時代也都是不可少的節目。

《人子》寫到最後幾篇時，我心上越來越清楚這一段美好的寫作生活要告一段落了，便越來越捨不得收束。但是不能不收束，因為行文、章法的氣勢使然。《人子》要出版單行本了，我深知我自己的感覺，想要緘默。但是不能不說說寫這書的心境，因為我也深知朋友的情誼要我如此。

話說到這裏，就讓我們不再耽擱，一齊起身，尋覓一個門徑，走進《人子》故事的荒誕、又真摯的世界去罷！

一九七四年八月二十五日於美國康州、且溪、延陵乙園

由生而死，想望永恆

一九三六年的春天，說來幾乎已經三十八年了，高中快畢業的時候，我為這本書埋下了這一粒種籽。

天津南開中學實在是一個好學校，我們那時在各科門都有真正的好先生。現在我自己已經在大學及研究院執教不止三十年了，今天要以這本書來禮敬當年在南開中學的兩位國文老師：葉石甫先生同孟志蓀先生。

在這以前，我十一歲的時候，更有一位鄭菊如老先生授我中國古籍，鄭先生上課之外常常帶我出去到市街上散步，或是下小館兒。我就坐在桌邊，一面聽他說古話今，一面看老先生自斟自飲。

這三位老師每位祇教了我一年：鄭先生教我時是在天津公學，那時我讀初中一。第二年我轉學南開。後來一直到高中二，我才上葉先生的課，葉先生講先秦諸子。高中三，孟先生才教我。孟先生授我《詩經》、《楚辭》及漢、魏晉以來的中國文學傳統。

前後短短三年，我從三位老師所受的益處至今受用不盡。因為得了他們給我的教育，在我心目中，中國的文學及哲學思想一直是一個活鮮鮮的、有生機的整體。不是歷史陳跡，更不僅是狹窄的學術論文研究對象。歷史的經驗，同人生的迷惘以及理想，都是合則雙美，離則兩傷，因此，古往、今來，都同時在我的心智活動中存在。

今天，我動筆要把近四十年來，斷斷續續構想的一串兒寓言式的小故事寫下來時，我不僅懷想那時的師長，也憶起當年的同窗好友，更無一刻不惦念這光輝無限的文化的命運。

《人子》這個書名是最近起意動筆時才採取的。書中第二篇，〈幽谷〉的原稿是我三十四年前一本未完稿中的一個小故事。那時我自西南聯合大學休學到香港去陪伴剛自海外回國的父母親。多年來生活在學校裏，成天想念家裏的溫暖，到了父母身邊又忘不了學校裏的友情，天天寫不完那些給同學的信！

這些信，也是信也是稿子。於是才想起要蒐集，才把後來又寫的當稿子選了，往一個本子裏抄，並隨手借取杜甫名句為它起了一個名字，叫做「邊秋一雁聲」。那時第二次世界大戰戰鼓正急，行人、魚雁，兩樣都多艱苦。我希望把稿子存起來，將來有機會再改寫。

不久，我又回昆明去讀書去了，「邊秋一雁聲」才收了三、四篇也就停了。可是這一篇〈幽谷〉中的情景，這些年中不曾在心上消失過。今天自回憶中把它改寫出來排在前面為《人子》故事做個引子，一面紀念我早年人生旅途中的同伴們，一面希望《人子》的讀者能把這些小故事當一個朋友自述心境的書信來讀。

〈汪洋〉本身又有它的來源。這題意起自三十八年前，高中快畢業的時候，由孟志蓀先生命題所作的一篇自述的文章裏。因為我的先生們一向獎勵心智生活中的真摯，我就放手寫了一篇很大膽的文字。寫時自感痛快，可是交卷以後不免有些忐忑，想也許會受責罵。可是那一番思索及寫作的經驗使我在思想上進了一步，已不能再退後，也就把心一橫，等待老師的反應。孟先生不但沒有責罵我，反而懇切地嘉許我坦率的態度。今天，我以〈幽谷〉來引領讀者進入《人子》的世界，又先以〈汪洋〉為題來回憶幼年時對人生的一種不甘自我限制的心情。所以〈汪洋〉又是自人生經驗轉入文學經驗的引子。

最近因為「六本木物語」快要與讀者見面了，覺得在心理上應該把這新作與《未央歌》隔開一個距離，免得讀慣了《未央歌》的朋友不能接受「六本木物語」的新情調。因此，我暫把「六本木」放在一邊，先把《人子》寫出來發表。

這裏所收的文字，除了〈汪洋〉、〈幽谷〉及〈忘情〉三篇得題比較早以外，其餘的題意都是近卅年內陸陸續續偶然體會到的。早則差不多與《未央歌》同時，晚則直到目前。

其中包括在印度、日本幾次旅行，及在美國讀書、執教各時期，現在寫出來發表的次序則是依了人生經歷的過程來排列：從降生、而啟智、而成長，然後經過種種體驗才認識逝亡。最後境界則是在有限的人生中祇可模擬、冥想而不可捉摸的永恆。

一九七四年三月廿一日於康橋

目錄

002 推薦序　回到文字家園裡徜徉

004 前言　寫給所有人的人間故事

008 原序　由生而死，想望永恆

018 汪洋

汪洋閃爍晶明的波濤上有位十七、八歲的航海手，他向一個方向航進一個時期後才知道越走得路長，越能體會路程之遠。自從他把航海圖、羅盤、帆都放棄了，他才真與汪洋合為一體，真自由了。

024 幽谷

這種小草在這個季節是正要開花的。凡是輪到開花的小草，都要在早晨的陽光還沒有照到她們時準備好要開的花的顏色。這真是一生的大事。她並沒有選好一個顏色。她不是自大，也不是自私，祇是要不幸負這個重要的使命。

035 忘情

這個從來未有的、天賦最高的、最幸運的新生小孩，是因為小精靈把這些好資質及時送來才這麼幸福。但偏偏像這樣的一個人連一點感情都沒有。

045 人子

你一定要在善惡不能兩存時才可以殺惡，你祇有一擊的機會。一擊不中，自己就要喪生！若是判斷錯誤，殺了善，縱了惡，這悔恨是千古的事。

068 靈妻

自從被選為靈妻以來，這女孩的心理一直在成長、演變。她才明白這不是小孩的遊戲，這是真情。從此寧願借用她戀愛的神靈的眼睛來看她的新世界。

086 花豹

小雌豹優美的步子輕得落地都沒有聲音，小花豹忽然覺得要跟這個美麗的小雌豹併著跑，並追越她。小雌豹順勢將自己為小花豹的尾巴織的網子套上，他本能地猛摔幾下，小雌豹憐愛地把摔得有點鬆的網子收緊，還替他順一順尾巴附近的花毛。小花豹彷彿感覺又回到小時候，又有母親舐他的花毛，舐他豎起的尾巴。

099 宮堡

年輕的王子要出遊為宮堡娶進一位最莊麗、最完美的王后。當王子變成了中年的風塵孤客，他就越走越遠，覺得所有的地方都像是這同一個世界的不同色相。每一個女子，不論美醜、種族、年紀、性情、身世，都不過是一位老朋友在各種不同情境下，一時之身影。

113 皮貌

自她手指尖、足尖，她的身子開始從這透明表皮鑽破出來。這美麗的一層外貌就像由無形的手給輕輕地揭去了那樣。瞳孔表現出來的情感才是精魂的情感，而臉皮做的表情衹是一生經歷所累積的習慣。老法師自此就漸漸看穿了朋友的皮相，而直接與他們的精魂做朋友。

129 鵠鷹

鷹師不主張羈絆鷹，他們要訓練鵠鷹自己知道甚麼是為她好，甚麼是有害，與鷹建立良好的關係。在這鵠鷹的身心下功夫、同情愛，把所有的可能，及所有的風險都預先想周全了。無論後果如何，成功還是失敗，他都替鵠鷹安排了妥善的前途。

172 獸言

自從他不堅持人的看法，接受了猩猩的看法之後，進步就很快。猩猩們不但拿他當一個猩猩，並且認為他是一隻很有智慧的猩猩。除了生理的限制外，他可以比一般的猩猩更體驗得深刻，他慢慢地也發現了猩猩的心智活動自有其一種與人類不同的典雅。

小小孩聽見有人進來，好像沒有感覺意外。看見進來的是母親，也沒有害怕，也沒有畏罪的表情。他祇是要他的球，他要得更好了。小小孩希望母親能懂他這耍球的功夫確實不平凡。他就還繼續耍，希望母親誇獎他。

渾沌層層把心智包圍著，就像開了一個窗子一樣，一個清明的意象就映入心智想像之中。從各個不同的角度開，開一千次、一萬次！而心智無前後，無方向，都可想見。

山魈並不是要傷人，他們是要想修煉成人的。修成人形很難，人的身體不容易模仿，他們有計畫地來找人談談話，借人口中的一股氣，真正變成了人。變成人的，有的專做害人的事，有的竟比生來就是人的還更有人性、還更和善。

附錄　名家讀人子

汪洋

汪洋閃爍晶明的波濤上有位十七、八歲的航海手，他向一個方向航進一個時期後才知道越走得路長，越能體會路程之遠。自從他把航海圖、羅盤、帆都放棄了，他才真與汪洋合為一體，真自由了。

中學快畢業了，許多同班同學連說話用字、舉動神氣都彷彿忽然成熟了許多！最叫人難過的是，越是他們沒有經驗的事，他們在談話時越是要表示在行！本來是一羣抱著理想、虛著心、求知識、辨真偽、明是非的年輕人，現在都搖身一變，成了又自滿、又世故，處處要講利害關係的大人了。

離進大學還有好幾個月呢，已經天天在議論幾所名大學有甚麼異同，理工或是文法課程都怎麼樣。再往遠一點兒看，索性連畢業以後的生活同事業都用權威的口氣，一套又一套不斷地說。

這種話越聽得多，越難叫人相信有真價值。大家祇像是一夥膽怯的探險隊員，在出發前偏愛炫耀對於陌生旅途的知識同看法。其實所說的話自己也不相信，並且說時連聲音都是顫抖著的。

我們一生之中，多少重大的決策都是在知識不充分時，就不得不勉強拿定的！我們為甚麼必須在無知的情況下就把寶貴的明天抵押出去了？把我們的明天抵押給學業、前途、戀愛、婚姻、事業、甚至哲學理想？

知識之外影響人生的還有時間。人生經驗裏經常孕育著見解上的改變。時間就是改變的產婆。

從前所追求的，後來也許趕忙摒棄還來不及。昨天的敵手成了今天的同伴。今天覺得是天堂也似的幸福，明天想起來，臉也要通紅了罷？

忽然，人事的成敗與是非，哲理的正宗與異端看來都祇像時間的產物。一條又一條歷史的河流，各有其幽遠的淵源，有蜿蜒的沖匯，又時時有激起的怒濤，最後還是一齊進了汪洋大海沒了蹤影。這裏哪一滴水來自哪一條河又有誰能肯定？

汪洋靜止的時候，不起也不落，祇是無限的大，也就象徵著現實的整體。

汪洋運動起來的時候，不來也不去，無限力量，聚集不散，就是永恆的化身。

高潮、低潮，不過是汪洋的一呼一吸。深紅、淺紫，不過是赤日浮沉；墨藍、鉛灰也祇是陰晴變化，都是一時色相。

起伏的思潮就在不覺中與這遼闊沒有邊際的汪洋合而為一了。

汪洋閃爍晶明的波濤上有一位十七、八歲的航海手，獨自駕了一隻小帆船，憑了健康，又無限好奇，好像世間沒有不能透澈的大道理，好像天下沒有不能成功的事業，汪洋沒有不能達到的港口。可是這航程真遙遠呀！

哪裏有一個港口值得用一生的精力、時間，向它駛去？哪裏有一個港口值得為了它就捨去所有其他港口的風光？

他向一個方向航進了一個時期之後才知道越走得路長，越能體會路程之遠。又像是追求一個理想一樣，追得越急，那完美的理想就馳走消失得越快。與那似乎是無限的路程比起來，已經走過了的距離實在太渺小不足道了。就這樣，他繼續航行下去，從青年到壯年。

同時，他又想，向一個方位走得時間越長，距相反方向的港口也就越遠了！就這樣，他又從壯年航行到衰老。

就在他感覺到沒有成績、失敗的時候，他忽然發現自己的智慧增長了。那個不留情地催他衰老的時光，這時忽然攜起他的手，拉了他做一個旅伴，與他訂交、做忘年的朋友；就在他眼前化成一位仁慈的長者，手中展開一幅航海圖來遞給他看。

這樣的航海圖他從來沒有看見過。上面標誌著的文字他也都不認識。可是他憑了漸漸累積的智慧，慢慢地揣摸出一點道理來了。

年輕時，他學過憑了羅盤定方位，憑了方向駛向要去的港口。現在他明白：東、西、南、北，都不過是方向的名稱而已，在不同的語言、文化裏，他們的名稱也就不同了。至於要去的是甚麼港口，他既然一個也尚未到過，並且又已漂泊了大半生，現在實在不知道有奔向任何一個港口的必要。

他的智慧告訴他說，無論這個航海圖的奇奧的文字所標明的哪一個方向是東，哪一個方向是西，他可確定地認出東的對面就是西，西的對面就是東。

他看了一個不認識的港口說：「你的名字如果是理智，對著你的港口一定是幻想！」

科學的分析想必面對著藝術的綜合。社會行為的規矩恐怕正對著天地無言，萬物自生自滅。

他想起自己年輕時幼稚天真的志願，就想：「守法的對面一定是犯罪，法官、律師的對面一定是強盜、小偷！他們之中到底誰是真正誠實的，倒很難說！」他不覺笑出聲來。那慈祥的老者也嘉許地笑了。

他忽然覺出每一個港口都有它的道理。他忽然覺得不奔向任何一個港口實在是一個積極的態度。他不願完全地變成一個理智的人，因為他捨不得整個放棄幻想。

他拿著航海圖的手不覺鬆了下來，那張圖就隨水漂失了。他把航海的羅盤也拆了下來，也沉下海底。他不知道從甚麼地方忽然得到了無比的膂力，輕輕地便拔起了船上的桅桿，連帆一起扔在汪洋裏。他的生涯在水上，海洋是他的家，港口不是。此後不再想港口了。

人類也許有一個時期想做神仙，想有絕頂智慧，想追求宇宙的最終奧祕。結果神也沒有做成，人也沒有做好。這位水手自從決定不離開他的汪洋大海之後，海上生活就是他整個的人生了。

自從他把航海圖、羅盤、帆都放棄了之後，他才真與汪洋合為一體，真自由了。汪洋也就沒有了航線，失去了里程港口，也忘了東、南、西、北，衹是一片完整的大水。

在思想上他也拋棄了航海的儀器，接受一個新解悟。歷史、時間、古往、今來都與他同在。慈祥的老者教他抬起一條腿來，兩人同時一舉足，就從時間的領域裏邁步走了出來。他簡直不能相信這新自由的無限美妙，及這永恆境界的無限莊嚴！

他年輕時所崇信的宗教、哲理都變成這時心智的一個細節，從前關心的世事與衰，及欣賞的驚魂動魄的情景都融化在永恆中成為一剎那間的事。他舒適地在汪洋上漂流，那年歲的痕跡就慢慢地自他的身體上、面貌上消失，看不見了。

這時，在他心智裏微微地又生出許多渺茫的意境。這裏面有許多景象同故事。他衹無言地與這位慈祥的長者，這位昔日的暴君，今日的良友，沉默地一同欣賞這些景象、經驗，同故事。

幽谷

這種小草在這個季節是正要開花的。凡是輪到開花的小草，都要在早晨的陽光還沒有照到她們時準備好要開的花的顏色。這真是一生的大事。她並沒有選好一個顏色，她不是自大，也不是自私，祇是要不辜負這個重要的使命。

這天天色傍晚的時候，有一位長途獨自徒步的旅客走進一個無人的幽谷中來。他看見前面的山還有一程路、今晚天黑以前是絕翻不過去了，就想不如趁著天還有點亮，早早找一塊平地準備過夜。

這時候正是暮春，地氣已經暖和了，這幽谷裏平靜無風，他不用尋甚麼隱蔽的地方，就索性在谷中一大片軟軟的草坪中央鋪下他的睡氈。

他和衣躺下，枕了一捲舊衣服，把一條預備夜晚才蓋了禦寒的毯子先放在身邊。等他安頓下來，他才覺出這幽谷之靜。草裏小蟲躦著爬走的聲音及三、四里外，谷口小溪的流水都可以聽得見。

近身的草比他枕了衣服的頭還要高些。背了尚未全暗的天光，看去祇都是黑色的梗、葉，清晰交雜，一直展到遠處山腳下。白天的時候該都是嫩綠色的罷？這一片都是甚麼草，怎麼長得這麼整齊？好像這一大塊地方上長的都是一種草，都一樣高。等明天天亮以後再細看看也許還有小花呢！

天色又暗下來了些，眼力也更微弱了，他就不看近身的小植物，祇縱目看遠處山後的天。山也已經都變黑了，慢慢都分辨不出來，彼此連成一片，把幽谷團團圍住。谷口曲折的溪流這時反倒映了天光又明亮了一陣；才一不注意就也變成黑暗，混進周圍的夜色裏。

天上的星星就一顆又一顆閃到眼裏來。

他覺著有一點冷了，就把毯子裹在身上。人在夜晚看見了星星，臉上都會浮出笑容的。因為他在睡前看見了一天閃爍的星星，他就帶著笑，睡著了。

他也不知道睡了多少時候。好像一天行路的疲倦都已經離開他了。他似乎聽見了些很細微的聲音，而且絮絮地就像在耳邊。他就靜靜地仔細聽，連眼睛都不敢睜開。

他靜臥了好一陣，雖然沒聽清到底是甚麼聲音，可是感覺是喜悅的訊息。他身子還是不敢動，不過祇微微把眼睛睜開了，偷偷看一看。

他身子四周跟入睡前沒有甚麼兩樣，仍然一樣的草坪、一樣的幽谷。也許早已過了午夜了罷？空氣更涼了。他為了怕驚動了這聲音的來源，連把毛毯再裹緊一點這種自然的動作都自己制止不做。他幾乎是僵直的躺在那裏，好久，好久。也許是因為眼睛睜開了，他似乎漸漸能分辨出聲音的來源。這細小像是說話的聲音，就從四周的小草中傳來。

他忍不住要仔細看看。他極慢、極慢地把身子向一邊偏，同時屏息地聽；要察覺他的動作會不會被發現。他怕這些像是極小的小孩子們說話的聲音，被驚動了就會都靜悄下來。等到他已經把身子翻過來，側著、而且面對著眼前的一片草了，他才放心，知道這些小聲音正忙碌又興奮得不得了，才沒有一點怕這個陌生人的意思。

遠處、近處，這些小草你一句，我一句地在談著。孩氣的聲調夾雜著孩氣呼吸的聲息。慢慢地，他已經可以分辨出不同的性格跟聲口。他再仔細又聽了一陣，也聽出來了這麼興奮的都是為了一件甚麼事。

原來這種小草在這個季節是正要開花的。凡是輪到這天清晨開花的小草，都要在天亮以前早晨的陽光還沒有照到她們的時候準備好。陽光一耀在她們身上，每一株小草舉在草梗最高處的唯一的一個小花蕾，就要努力立刻舒展開放出這小草一生僅有的一朵小花來。這實在是太可興奮了，不但是這天天明時候要開花的每一株小草都激動得不知道怎麼好，那些在她四周，今天還輪不到開花的，及昨天、前天已經開過花的，都要像喘息似的緊張得說話說個不停。

她們吵成一片，興味最濃的中心題目是要開的花的顏色。這真是一生的大事，不由得人不關心、不著急。這個顏色不久就要由傳訊的花使分發給她們了。從分到了顏色到花開那短短的時間裏，每一朵花都要像出嫁的新娘那樣裝扮得整整齊齊。新娘無論準備的時候多麼繁亂、多麼心焦，吵得嚷得，嗓音多麼大，婚禮時間一到都要立刻安靜下來。要放下梳子、鏡子，垂下了眼皮，把呼吸硬給壓成平靜勻稱的，安安穩穩登場。那時裙子翻起的一塊邊，鬢旁散著的一絲髮，都不能伸手再去理了。

小草們七嘴八舌地在爭著說話，已經開過花的，就重溫她們自己開花時的經驗。還在等待自己花期的呢，就忍不住把自己心上企盼的、又是無法用言語形容的感覺，以羨慕的口氣向這些幸運的小草傾訴。說的話到底有甚麼內容，誰也不清楚，祇聽得口氣又高興、又好心、又是祝福、又是傷感。

忽然，就像是自遠處，東邊的山腳下起了一陣微風那樣，幽谷裏從那邊一直波動也似的傳過來一片寧靜。那細碎的孩氣的說話聲音從遠到近忽然都停止了。空氣中看不見的一種壓力壓在胸上，連呼吸都困難起來。隨了這一陣在草尖上飄過來的微風吹來了幾千幾百悅耳的傳令的聲音。連給人仔細看看的機會都沒有，這些不可見的小花使就把應該開花的顏色一個一個清清楚楚地告訴了期待的小草。

「小寶貝，你是粉紅的！」

「我的小妹妹，你開一朵潔白的！祝你快樂！」

「深紅的！你這個幸運的小東西！」

「淺藍的！我愛你！」

「紫色的絲絨的，哎喲，我的小寶貝命！」

接受了命令的小草就那麼歡歡喜喜地、又輕輕地膽怯地震抖了一下，忙著去開始準備了。這輕微的震動就從草尖傳到草尖，一波又一波地像微風吹起的水紋，一霎時散漫在整個草原上。

這波動的快樂舞步就這樣到了這位靜臥屏息欣喜得呆啞了的旅人身旁。正在他眼前的一株小草意識到她的花期到了，就不覺把草梗挺直起來，仰起那形體勻稱、端正好看的花蕾，又嬌嫩、又恭敬、又有點害怕似的等著。這時整個幽谷所有的聲音、波動，好似齊齊都停了。

「好漂亮的小蓇朵兒！沒有比你長得再好的了！今年一年裏祇有你一個有這份兒幸運，你愛甚麼顏色就開甚麼顏色的花！都隨你！祝福你！祝福你！再見了！再見了啊！」

「再見！謝謝呀，再見了呀！」這小草都快支持不住了，趕緊又勇敢地挺起她的身體來。

傳訊的花使們已經飄過幽谷那邊去了。這裏馬上又熱鬧成一片，嚷得聲音比方才更大了。

「恭喜呀！恭喜呀！」

這株特別受眷顧的小草就快樂極了。她不知道盼了多少美麗的顏色，盼了多久。現在她居然得到了比任何一個顏色都要更美麗、更高超的無上滿足！

所有的小花草都要慶賀她，從近處、從遠處向她招呼，向她說羨慕，幾乎近似妒嫉的話，問她打算開甚麼顏色的花，又建議各種顏色給她。誰也不給她機會開口回答，大家一團喜氣地搶著說話。

她只能擠進幾句表示感謝的話，她誠懇地感覺榮幸，感激大家這麼疼愛她。她因為一下被選拔出來，給了一個又特殊又重要的機會，好像就在一眨眼之間，她要負擔起多麼重大的責任一樣。為了這個，她在快樂之中，說話聲調裏帶了嚴肅的色彩。可憐那還是小孩子的字句已經聽得出情調的遲重了。

她的勇敢的精神給人希望，這勇氣就像是樂觀的音符，在她的聲音裏跳躍。她像是一位幼小的公主，忽然要被盛裝起來登上寶座，執行皇后的職務。她那端莊、敬穆的樣子就叫人又放心、又嘆息。

她靜聽別的花草告訴她各種美麗的顏色，她也虛心地問她們有甚麼別的建議。她覺得這個光榮是大家的，她一定好好努力為整個幽谷開一朵最美、最美的花！

宇宙之間顏色真是多呀，又都這麼好看，沒有一個顏色本身不是美麗的、純粹的，又完善的。而這些顏色又有無窮的配成雜色花樣的可能！

開過了花的，都把自己有過的顏色的好壞、甘苦，好心地告訴她。又都希望她更能比她們所有最好的成績開得還要燦爛。將來才輪到開花的，就把自己的幻想、私自喜悅祕藏在心上的顏色告訴她，因為她們知道盼望儘管盼望，可是難得那麼幸運，就會把這些稀有的顏色盼到。因此她們所說的羨慕的話是最真摯的；她們要以這株小花草的榮幸代表所有的幻想，代表大家的美夢。

說話聲口最親切的是那些與她同時開花的姊妹。她們都已派到了顏色，已在忙碌著準備專等天明時第一線陽光的命令了。她們的花蕾已經顯得膨脹，並且隱隱約約看出顏色來。她們謙虛地告訴她說這些派到的顏色都是常見的，可是她們已經快樂極了。就祇想一想：「這就要開花了！」大家就都興奮得喘不過氣來。她若是不嫌棄，可以在她們最好的顏色裏隨便挑一個，甚至再改進一點，與她們姊妹開在一起，大家就都感到光榮，又在一起顯得熱鬧，多麼好！

她就仔細察看她們派到的顏色，隔了尚是半透明的花瓣，那些裏緊了的花蕾，甚麼顏色的都有，又都好看。粉紅富貴的有過於牡丹，淡雅清遠的比得上淺綠的菊花。從午夜的墨藍到日出前的魚肚白，從太陽神的金箭顏色耀得人睜不開眼，到傍晚的日落紫。

她看得呆了，心上想：「要比這些顏色都要好可真是難！若是想不出一個特別出色的，又真對不起花使的好意，對不起自己，對不起這個機會，更對不起大家。」

她又疼愛地笑她的姊妹們：「這麼忙著把顏色洩露出來是怎麼回事呀！祇要緊閉著花蕾，心上認準了要開的顏色，日光一到，自然就把花開成了！都忘了所有顏色都是日光賜給的！」

這時幽谷裏說話的聲音已經逐漸減少。祇有在大家營營工作的聲音中偶然有時聽見問一句：「想好了嗎?能夠告訴我們是甚麼顏色嗎？」

或是關切地問：「不要太挑剔得狠了，太陽一出來，可是要開花的呀！」

多數的花草都知道她一定決定好了，祇是先不說出來。等陽光照滿了幽谷時，她的艷麗出眾的花朵就開好了，供大家欣賞，讓大家快樂地驚異。

她祇自己靜默地苦思著。她並沒有選好一個顏色。她不是自大，也不是自私，祇是要不辜負這個重要的使命。若是別的花草得到這個榮譽，她也會期望她也這麼苛求。也為她想不出一個最合宜的顏色來。

「在這麼一個顏色熱鬧的花叢裏，我最好開一朵素淨的花，」她想：「我一向盼望的顏色裏有好幾個都很好。」

她想起帶一點灰色的炭黑，又深遠、又厚重。她想珍珠灰也好，油潤又光滑。她又想：「就像現在這樣天色就很好，灰中隱隱地帶一點藍！」

天確是明亮多了，花草果然都是嫩綠色的，祇是陽光還沒有照進這幽谷中來，因之所有的顏色都不鮮明，都還蒙著淡淡的一層灰色。

所有的花草都準備好了，祇要金黃的陽光一向她們射下來，她們就呈出艷美的顏色，幽谷裏就充滿了歡笑。這一株小草獨自還在苦思。她也知道時候這就要到了。她知道陽光追逐起黑影時跑得多快，一霎時，就從幽谷這頭跑到那頭。

她每決定好了一個顏色就又責備自己未盡最大力量，沒有把整個時間充分利用。但是時間太緊迫了。她不能太冒險，於是她把那幾個心愛的灰色又溫習了一遍，好在最後仍沒有想出一個最理想的顏色時，隨便在其中選一個也就保險了。

太陽猛地在東邊山頭上升起來了，這東山的陰影馬上自幽谷西面的山腰滑下來。山腳的花就先開。歡笑的聲音同鮮花的顏色一樣明亮。陰影清楚地在地面掠過，比閃電還要快。

空氣裏充滿了花香，充滿了溫暖。

白天的情景同夜晚就真不一樣。這裏祇是一個美麗的幽谷，有花、有草、有樹木、有流水。並沒有會說話的花草。聽得見的聲音祇是溪流同鳥叫。連蟲兒爬走的音響，因為白天的緣故都不容易察覺。

旅客睡足了，心上十分怡悅，賞不盡這幽谷美景。忽然他想起一件心事，急忙翻身坐了起來，仔細在眼前一片花草中尋找。

在這千千萬萬應時盛開的叢花裏，他找到一株美好的枝梗，擎著一個沒有顏色、沒有開放，可是就已經枯萎了的小蓓蕾。

忘情

這個從來未有的、天賦最高的、最幸運的新生小孩，是因為小精靈把這些好資質及時送來才這麼幸福。但偏偏像這樣的一個人連一點感情都沒有。

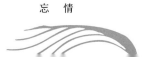

一條走得堅硬了的黃土大道從小山崗邊上下來，祇略略曲折幾下，就直指著地平線上遠遠一個小城的城門洞去了。夕陽裏，土道上被大車的木輪壓成的溝，就在大道中成了明顯的兩條黑影，這黑影同大道一夥向城門曲折前去，祇是在半途那老大的一棵樹附近有一個分岔。大樹底下是行人常停了休息的地方，泥土也被踐踏堅硬了，黃黃的一片，不長青草。趕車的人一定也常在這裏停，因為那車轍的黑影也自大道分路向樹影裏去，然後過了大樹，就再回到路中央，又併在一起。

路上有一個單獨的旅客，他從山崗上下來，沿了路走著，到了大樹跟前，轉去大樹下去休息，走進了樹蔭，看不見了。

他離開家好幾個月了，他的家就在那小城中，他知道今晚一定可以走到家了，就想在這大樹下整頓整頓行裝，休息一下，然後把衣服穿穿好，再整整齊齊地回到家門。

他又想，也許有相識的舊友也從這條路上走，也到這樹下休息，那他就可以跟他談談離家後故鄉的事。

他到了樹下，因為疲倦了，一時懶得重新包裹他的背囊，祇坐在它上面休息，等過路人來談談天。等了一陣也沒有人來，他就索性枕了背囊躺下，沒一刻他就睡著了。

不知道從甚麼時候起下了一陣黃昏後的陣雨，潮濕的冷氣使他打了一個寒戰，把他弄醒了。天色已是很黑，他不用起身來看就知道那硬黃土的大道一定是泥濘不堪，走一步滑一步。他向小城那邊平原望一望，已可看見隱隱地人家燈火，他笑自己快走到家了，偏要先整頓一下，弄得現在自己的家看著不遠，走起來路上這麼難行！若是長了翅膀，就在這清涼的夜空裏向著燈火飛去多好！這時天更黑了，燈火也更多了些，祇在遠處明亮。城郭、城門則因為夜色深了，與城郊的村莊樹木都一齊看不見了。

小山崗這邊沒有人家，因此也沒有燈火，黑暗裏沒有可看的。他知道摸著黑也沒法重新整理行裝了，祇在那裏悶坐著，笑自己做出這種傻事，溫習出門以來這幾個月的經歷；想他背囊裏為家人帶回來的贈禮。兩眼祇是向小城那邊的燈火望著。

忽然在小山崗這邊似乎有些光亮閃入他眼角裏來。他詫異地往這邊看，果然是清清楚楚的亮光。不似燈火，因為不及那麼明亮，可是又比鬼火強些，也比鬼火看得清晰。他又看了一陣，知道一定不是人家的燈火了，因為這一羣小光亮是成羣移動著，就像鬼火那樣。

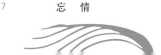

他生長在這裏，這裏是他的家鄉，這兒沒有他不熟悉的事物。他看著這些不知名的光亮向他這個方向飛來就有一點不安。他正想要不要繞到大樹背面去躲一躲時，這一小羣飛舞著地星火就飛進他頭上大樹的枝葉裏去了。他心上清清楚楚一點也沒有怕把老樹引起火來的感覺。他直覺地知道那飛舞的樣子像是飛蟲，或是飛鳥。它們一隻又一隻地投入這大樹的上層枝葉裏，他彷彿數了一數，大約有八、九隻。

馬上，他頭頂上就有了吱吱喳喳急驟的說話聲音。

他趕緊昂首往上看，穿過濃密的樹葉，他可以看見很晶瑩明亮的小翅膀，棲在樹枝頂上還是不停地一動、又一動地。身體、面貌、衣著都不能看得太清楚，祇能分辨出是一羣長了半透明昆蟲似的翅膀的小女孩，身體及薄紗似的衣服也是半透明的，鬆鬆軟軟的。兩隻露著的手臂，潔白精細，是惟一看得清楚的東西，因為她們說話時手就不曾停，各種比劃，各種表情。

那些有顏色有光輝的東西是甚麼？每個小精靈似乎都帶著這麼一件包紮得很好看的小包裹。他不覺想起他自己從遠道帶給家裏的禮品。他想這些美麗的小包裹一定也是禮物。

「可是多麼小得可笑呀！」他想。這些小包包確實是小。小精靈們才不過一尺不到長短，這些包裹最大的也就一寸多。

因為他所見樹上的一切這麼明亮又富彩色，他雖然不看清楚，可是他直覺地知道這些小精靈的容貌也一定秀麗，動作也優美。祇是她們這時候好像是有一件焦心的事情，大家在亂糟糟地計議，說話的態度不太文靜。

「今天我們非晚了不可！」一個帶著淡青光亮的說。一聽就知道她們來時都飛得很急，氣喘一直不能停。

另外一個停在一個較遠的枝頂上的大概體力強壯一點。她的包裹大些，可是她的呼吸勻稱得多：「先別太著急，再等一等，若是再不來，咱們就祇好趕忙先去。」她說話時那肉紅色細紗似的翅膀祇緩緩地扇著。

這時，其餘的幾個都說也祇有這樣。那個第一個先抱怨的就說：「我真不敢想像，這些禮物包裹送到了，偏偏缺這一件最要緊的，那怎麼得了！敢情就是愛叫我著急，愛叫我生氣！」

歸鄉的旅人在樹下聽了不太能懂：「是怎麼鬧起意見的？又是跟誰鬥氣？現在還在賭氣，還是忽然想明白了，才說：敢情是這麼一回事，是故意急她、氣她？」

「你就是愛怨敢情！祇要是一有機會不論大事小事就抱怨敢情！你們一族的人都

愛批評敢情！」這個出頭說公平話的混身閃著淡紫的光。

旅人就更不明白了。不過他現在已經習慣了她們的聲口，聽得也不像起初那麼費力了。這些小女孩們說話這麼好聽，就是聽不太懂，他還是愛聽。

「其實人家是一片好意，做事又熱心！」那個粉紅又健壯的也說：「你們專管理智的也要平心想想。敢情是特別出力……」

這一下都明白了！哪裏是甚麼「敢情」，一直說的都是「感情」！

「我怎麼不明白！」這個被稱為理智的就說，說時她那淡青色的光芒就冰冷得穿進人的皮膚、肌肉，一直連骨頭都感覺得到：「我祇是說她一直不能按了時間做事，並沒有說她不熱心。」

淺紫的這時用著急的口氣插嘴：「這回感情可真誤了事了！咱們不能再等了？再等就都晚了！那個情形多可怕呀！」

一句話提醒了大家。大家就都忙忙抱起禮物，極細微地，噝！噝！幾聲，連樹葉都不見震動一下，這一小羣晶亮有翅膀的精靈就又急速地、上下飛舞著奔向小城鎮那邊去了。過了城牆那一帶以後，她們滑下地面去，混在燈火裏，看不出來了。

還鄉的旅人雖然沒有都懂得這一切到底是怎麼一回事，可是他心上也十分惦念，也代這些小精靈們著急，他不覺極盡他的目力向小山崗這邊的夜空望著。

他很望了一些時候。果然從山崗那邊飛起一個小光燄。這個真與剛才那幾個不同，在這麼遠的距離就可以看出是大紅色的。一路飛來像是燒著一個小火把。

她飛的路線也不直，速度也不均勻，快一陣，慢一陣。好不容易到了大樹頂上，落下來時又猛了一點，枝葉都隨了顫動。她的那個包裹又大又沉重，在枝上也放不穩，她氣喘短促地還要不停忙著左扶、右扶怕把它掉下來！

那個包裹也是顏色很好看，可是真是包紮了個亂七八糟，散著些條子帶子地！

「晚了！晚了！這回是真晚了！」她還沒有停穩就喊。

「回回都死命地趕，回回都將將趕上，這回可是真晚了！」她痛苦地，喊著、數落著，她的亮光比方才的哪一個都強，把老樹上的枝葉照明一片，也都照成紅色的。旅人的眼睛被這樣的強光耀得花了，回頭往小城鎮那邊看時，那些燈火就顯得微弱了。

「偏偏這回是最好、最好的！偏偏就晚了！」她說著、說著就痛哭起來。她的火熱的光燄就越發明亮了。

「這個是感情藏起來要留著自己到人間來才用的！收得這麼嚴緊，找都幾乎沒有找著！等到找著了，快點交給我也罷，又非要特別包得好看不行！若不是大家從她手裏搶出來給我，告訴她說要是趕不及、用不上、就作廢了，可憐死、可惜死、她還不會放手呢！

「這個大包裏又這麼特別重，累死人不算，飛也飛不快！」

「可憐的感情，她在家裏恐怕還在哭呢！還覺得沒有能好好把包裏包好，沒有能好好地跟這件寶貝告別！」

「可憐的感情！可憐那些圍著勸她的，也不知道勸停了她沒有？」

「可憐你們這一大羣呀！等到你們知道我沒有趕上，真的晚了，那才可憐死了呀！大家得怎麼哭呀！咱們就一起哭罷！從此祇有天天哭了呀，一直哭到死呀！」

她哭著、哭著，慢慢地氣勢開始平靜下來，她的光燄也穩定了。這時她那個大包裏倒有點暗淡下來。不久，她睡著了，扶了包裏的手一鬆，包裏就從高枝上落了下來。那時這禮物的光輝已幾乎全暗了，祇有在落下來在空中劃了一條紅光時才又亮了一點。旅人在下面本能地要閃躲一下，但是那一線紅光，在半空就已經熄滅了。下面也沒有落地的聲音。

整個四野都是沉寂的。

沒有過了多少時候，那幾個就回來了。遠遠看見樹上的小紅火燄，她們就加快直飛過來。一齊落在她的身邊，又是責備、又是問候、又是安慰又是愛惜。

她們好像是除了這一件意外，對一切還是很高興似的，興奮地說這個新生的小孩多好，真是從來未有過的。

這個從來未有的、天賦最高的、最幸運的新生小孩，這個寶貝的小男孩，是因為她們把這些好資質及時送來才這麼幸福。

他今生要享有絕頂的聰明，他健康，永不生病，他體力雄壯，又仁慈勇敢。他英明、果斷、幻想豐富而又極端地理智堅強。更叫這些小精靈愛稱讚的是這個小孩長大時是一個世上從未見過的美男子！

大家說著，說著，感情的使者就又放聲大哭了起來：「偏偏像這樣的一個人連一點感情都沒有！一息息，一絲絲感情都沒有！」

大家勸也無從勸，沉默著攙起她來，夥著一齊飛回山崗那邊去了。那個可憐的小精靈還不斷地抽噎著。

還鄉的旅人心上思潮起伏，也覺得忽然疲倦得不得了，好像混身筋骨都又酸又疼。他就索性打開行囊在樹下睡了一夜。

第二天是個陽光溫暖的好天氣，路面雖然沒有全乾，可是也沒有堅硬，反而更好走。他進了城還未到家，已先看見大門大開著，許多親戚朋友出出進進。忙著接送的自己家裏的人中有人遠遠看見他回來了，就跑著迎過去，接了他自背上卸下來的行囊，向他說：

「恭喜，恭喜你！你做了父親！你這頭生的寶貝是位誰也沒見過這麼好看的男孩！」

人子

你一定要在善惡不能兩存時才可以殺惡，你祇有一擊的機會。一擊不中，自己就要喪生！若是判斷錯誤，殺了善，縱了惡，這悔恨是千古的事。

在印度恆河的北邊、喜馬拉雅山脈高地的南邊是一大片古老的文化地區，這裏散布著許多小國度。其中一個特別文明、特別有禮教的王國叫做穿顏庫絲雅。

穿顏庫絲雅國王的一個寵愛的王子，這天整九歲。全國各地都熱烈地慶祝他的生日，並且還都派代表到首都來參加大典。這天早上起來以後，小小的王子就比他父王的任何一位老臣責任都要大了，因為他今天正式受封為太子，將來這個王國就要歸他治理。

穿顏庫絲雅的規矩是被選為太子做儲君的，並不見得一定是國王的頭生。而是他們認為天資最聰明，性情最溫和，身體最健康，容顏最端莊的。一個王子如果到了九歲還沒有被選，就不會被選了。入選一定要在九歲生日以前，選中以後就在他九歲生日這天受封。

受封這麼早是為了教育的關係。九歲以前，王子的先天資格就都可以看出來了，受封之後便可以開始後天的教育。早早定出名分來更可以免掉爭位的問題。若是太子有了個山高水低，就再從九歲以下的小王子裏面挑一位新太子。

這天一早，小王子就起來，由侍候的人給他披了典禮時要穿著的縷金的衣服，把頭髮束在頂上，把袖口用金鐲子箍著，在腳踝上用銀帶子繫了褲腿。在他手上戴了戒指，耳上戴了耳環。他們腳上是不穿鞋襪的，衹把腳心用胭脂勻細地染成紅色。

就這樣裝束好了，王子就由大臣們帶著，貴婦人們陪著，一處一處拜神、祈禱。

母親王后這天不露面，祇在後宮由宮女侍候。因為兒子已經九歲，由母親把他交了出來，給了國家了。頭一天的晚上，他向母后拜辭之後就搬出宮來睡了。今天的儀式就都與生母無干。

穿顏庫絲雅境內神廟非常之多。今天祈禱與平日不同；不是王子到廟裏去，而是各天帝、眾神祇，都到王宮來受禮。這天就由老國王做主人，在宮前，全城都可以望見的高臺上，按了各神的方位，用竹架搭好祭臺，用各色的綢緞紮成寺廟模樣的閣子，裏面供了各寺廟送來的神像。

王子到每一個閣子前去參拜了之後就要由一位婆羅門教的老法師帶了出去雲遊六年，所以在這天祈禱裏也有求這些神沿路指點、保護的意思。這六年時光，王子隱姓埋名，把太子稱號也留在宮裏，祇扮作一個小僧侶的樣子，隨了師父到處歷鍊增長見識，受他的教誨。到了十五歲生日才回來。

這樣，這半天祈禱便是這六年教育的正式開始。為了這半天，宮城內外，各地寺廟至少忙了半年。

宮裏到了行禮的時候，宮女們簇擁著王后登上一個高閣。母親在兒子的喜慶的日子，祇能遠遠地用淚眼望他那稚小可愛的身形，隨了大臣、隨了法師行這麼重大的典禮。

母后從這樓上也看見全城熱鬧的景象。到處都是人，塵土飛起直到半天。她從這裏看到自己的孩子隨了老法師走後，要等六個年頭才能再見他的面。

小王子在各祭臺前都行過了禮以後，老法師就由父王恭恭敬敬請到這高臺中央的一個方壇上。老法師正式接受了這個教育太子、保護太子、同責罰太子的責任與權力，也就在壇中央平平穩穩地坐了下來。

大臣們、貴婦們，隨在父王身後，看這父親領了他的孩子直到方壇前面。在這個儀式中，老婆羅門法師要當了王子的父親、面對了宮廷內外及全國的子民，在各神明鑒證之下，授王子這第一課。

他坐在壇上，小王子拱手站在壇下。他開講的聲音真是洪亮明朗。小王子恭敬聽著的神氣卻只是任何一個可愛的乖小孩的樣子。

「我教你做太子的第一課是分辨善惡。六年以後，我要教你做太子的最後一課，也還是分辨善惡！」

聽的人就都為這小王子慶幸，為國家慶幸，為自己慶幸，因為他們的王子有這麼一位聖智的老師來教育他。這個好消息就在人羣中從近處傳到遠處，全城、全國，都為之感動。

小王子恭謹地接受了法師的教誨，拱手站在壇前敬候著。

這時父王捧了一把長劍走到壇上交給法師。法師接了，閉上眼祈禱祝福之後，就把長劍賜給王子。小王子接了劍就正式成為太子了。

肅靜的觀禮羣眾就一齊喝起彩來。

太子帶好劍，然後把劍拔出鞘來，雙手舉著遞給老師，求老師授給劍法。

老婆羅門站起來，把劍接在手中，走到壇正中的前面站定，他提起嗓音向大眾宣稱他現在要傳授給太子的劍法是亙古不變、世代相傳的、分辨善惡的劍法。說著就兩手執劍，高高舉在頭上，做好預備的姿勢。

他沉靜了一時之後，慢慢兩足分開、站定。然後忽地把劍在頭頂猛力自右向左掄了一個大圈。他踢起左足，同時身子半向左轉。這時把左足用力向下一頓，足才落地，劍也就劈了下來，兩腿是半屈著，平穩地為身子做一個端正的間架。劍下得又快又沉著，人人都聽見風響。

他劈下劍來的時候，腹下運足了的一口氣也就自口中吐出來：「哈！」

然後，他又站直、又正面、又掄劍。這次掄劍是自左向右，擧的是右足，劈的是右面：「哈！」

最後第三手，還是兩隻手把著劍，可是不掄，祇是其快如風，直上直下先小劈兩下，把目標比準，然後雙足跳起，正面當中、直劈下來，怒目大喝一聲：「哈！」大家就彷彿看見他把罪惡一劈為二。

太子仔細把劍法記在心裏。法師就把劍遞回給他。他雙手把劍，高擧在頭上。這劍這麼長，這個孩子的身材、力氣又都小。祇見他把小臉都憋得通紅，披著混身錦繡禮服，帶了珠寶、劍鞘，用盡了所有力量，也劈了三劍。左一劍，右一劍，正中一劍，也都很有姿勢。祇是整個都那麼孩氣，怒目也不叫人害怕，祇逗人喜歡，大聲嚷：「哈！」也是太嫩，沒有多少威風。聽來有些像是逗小貓兒玩的聲口。

每次他踢起足來往下頓的時候，他那好看的小孩的腳，那染成胭脂紅色的腳心，就映入看著的人們眼中來。人人心上就都充滿了憐愛！

大家都覺得這位太子真好、真可愛，將來一定是一個出色的好國王。

行完了禮，就當眾在高臺上為太子換下禮服、金飾，留給宮裏，再為他穿上麻布褐色的小僧侶的裝束。這樣他就把新得到的太子銜位留在宮裏，從此提了寶劍、隨了老師，要出去雲遊六整年，受教育、長經驗。

法師自法壇上走下來，一路向觀禮的人告別。大家自國王以下都拱手合十立到一旁讓他們師徒二人過去。小王子以小僧侶的身分，背上自己的簡單行囊，跨著寶劍，緊著步子追隨著法師走，連眼皮兒都不抬，規規矩矩看著地下，更不用說東張西望，左右答禮了。

觀禮的穿顏庫絲雅子民，就看了他嘆息，心上為他祈禱，在大街中央閃出一條路由他們走。女人們、小孩子們就把鮮花向小王子扔過去。這樣他們就走出城去，走過農圃、村落，走到荒郊，一直走到傍晚，到了一個小山上，才在一個小樹林裏放下行囊，預備休息。

老婆羅門法師教小王子先把坐褥在地上舖平正，然後就把打坐的規矩教給他，兩個人打坐許久之後，疲乏的身子又恢復了體力，心智清新無比。那時天色也黑了下來，可是似乎眼力反而更強，更清明起來。在黯淡的光線裏，自身四周所有的樹木、山石、一草一葉、一蟲一鳥，祇要是自己心上要看的，就都看得清清楚楚。這樣，小王子又隨了法師靜坐了好久。

夜晚，四野一點人聲都沒有的時候，耳朵可以一直聽到天邊。無論是風雨、鳥獸、土崩、水流，所有自然的動靜，都可以在黑暗中從耳朵裏體會得來。

這時候老法師就為小王子講世間善惡的大道理。小王子天生無比的聰明，一聽就懂，越聽，越愛聽。

這樣，他們師徒二人就在喜馬拉雅山下各地雲遊。白天在村莊城鎮化緣，夜晚到寺廟，或是山林裏去打坐，談論白天所見所聞，或是由老法師講道，小王子恭聽。

在他們雲遊的路程裏，也常常遇見別的法師帶了小僧侶，跨了劍，背著行囊走路。他們祇合十、俯首打個問訊，也不交談，更不結伴。因為六年時間雖不算短，可是要學習的科目、技藝、經典，實在太多，每天一早、一晚都要傳授。沒有功夫與陌生人交朋友，更怕被人認出這小王子是雲遊的太子。

早上是學劍法的時候。沒有幾個月，小王子的劍法已經很見進步。他的喝聲已開始有威嚴，也聽得遠了。這樣，他們就要走進深山裏去修練，不願被人聽見。

到了小王子十二歲的時候，他的劍法更高了。掄劍、劈劍的時候，一閃一閃的光裏看不出劍來，只是耳邊聽見倏忽風響。

這時老法師心上有了隱憂。小王子的學問越進步，所發的議論越深奧，劍法越優美，老法師的憂心就越沉重。小王子把人生與哲學融會成一體，身肢與寶劍混成一體，言語、思想與天地萬物、自然變化，合成一體。越學習越愛學習，也就越是進步得快。老法師幾乎無時無刻不為這絕頂聰明的學生擔憂。

他覺得這個小學生經典學得好，因為他愛經典之美；哲理學得好，因為他愛哲理之美；劍法學得好，因為他身、心兩方面都深深體會到劍法裏的美感。他似乎從不想到怎樣應用他所學的一切。

老法師是一位極好的教師，他從這時起就特別在他的教授法裏著重分辨善惡之美。

有一次白天在一個村鎮裏化緣的時候，有一家富家的惡僕對小王子十分無禮。小王子謹守出家人的規矩，不但一點不愉快的表情都沒有，連一點不愉快的心情也沒生。但是他們還沒有走遠，忽然聽見背後有喝罵的聲音，有打鬧的聲音，有哭泣的聲音。他們師徒二人回頭來看，看見一男一女兩個小孩，像是姊弟兩個也去那家富戶乞討，被那惡僕指揮手下的人侮辱，打倒在地下。

小王子修鍊得平靜的臉上有了悲哀的憂容。就站住了，不再走。

這時被打的兩個孩子又被那些人用腳踢得在地上滾。那惡僕看見他們混身塵土、女孩子的衣服也撕破了，就惡意地嬉笑起來。

小王子臉上的表情在悲痛中有了氣憤的成分。老婆羅門法師看了暗暗贊許。他就去看小王子的手，小王子的右手正按到劍柄上。

老法師知道時機到了，就喝令小王子隨了他快走。把他一直帶到野地一個小山林裏僻靜的地方。小王子因為從來沒有聽見過老法師對他用這麼嚴厲的口氣發命令，心上也有些疑惑，可是仍是一直惦念那兩個被欺侮的小孩，那兩個與自己年齡不相上下的小孩。他心上雖然急待知道老師要怎麼發落自己，可是彷彿因為那兩個可憐的孩子的緣故，自己的事反倒不覺得重要了。

「拔劍！」老法師命令他。

他倒莫名其妙了。但是因為劍法嫻熟，老師命令才一出口，他早已拔劍在手，兩手把著劍柄，高舉過頭，做好預備擊劍的姿勢。

「劈劍！」法師喝聲號令。

小王子把劍揮舞成風，呼、呼地響。左一劈：「哈！」

右一劈：「哈！」

當中一劈：「哈！」

老婆羅門法師那有經驗的眼睛就把小王子觀察得透澈極了，他那有經驗的耳朵也諦聽到了他要聽取的聲音，他心中明白小王子的劍法現在是有目標的了。那優美的劍勢裏有了肅殺之氣，那眼光裏有了懲戒的威嚴。那吐出的一口氣，「哈！」就如一顆鐵彈丸直打到劍尖所擊的地方。

老法師的眼光自劍尖又回看到小王子的臉上。他的秀美又紅潤的臉就光輝得如一位天神一樣！

老法師在私下無人時一向是尊敬地稱小王子為太子的。當時他就嚴肅地說：

「太子，現在我要準備為你開殺戒了！」

小王子聽了這完全未能預料得到的話，一時不知怎麼回答，祇看了手中的劍，不出一聲。老法師在地上插了兩個小樹枝，一個枝子上穿著一小條布。每條布上他預先寫好了字：一個是「小乞丐」、一個是「富家僕人」。然後他用平常和緩的語氣對小王子說：

「你的知識、判斷力、慈悲心都已經超出一般國家的首長了。不久你就要用到你所學的一切。有一天你因為責任關係一定要取人性命，我今天為你先做準備，為你開殺戒。」

小王子一看見地上的布置，心上已經明白了，不過在老師尚未說完話之前，他祇是規矩地捧定了寶劍站著一動也不動。

「今天這個富家的惡僕確實兇殘可恨，可是尚不該就一劍劈死。我為你開了殺戒之後，你一定要在善惡不能兩存時才可以殺惡，而且要殺得快，殺得決絕。

「若是做這樣決定的時候一旦到來，你要聽我號令。我說『是善？是惡？』你就要馬上判斷善惡，馬上動劍，你必須記得這相殺的事與平時操練不同，你祇有一擊的機會。一擊不中，自己就要被擊！就要喪生！喪生固然可哀，仍然祇是一生一死的事。若是判斷錯誤，殺了善，縱了惡，這悔恨是千古的事，幾生幾世都不能平歇！我所以要你先能分辨善惡，再學劍法，就是這個緣故。

「現在我就要試試你的劍法。你在心上現在要回想我們今天看見不平的事。你是一個旁觀者，忽然看出如果你不拔劍干涉，兩個小孩子就會活活被踢死。擒賊先擒王，先發制人，若是他們不聽你良言勸阻，反而要加害於你，你第一劍一定要擊中那惡僕。好，我一說『是善？是惡？』你就要馬上拿出你的劍法來！」

小王子得到了命令就先把劍回了鞘，做出閑散的樣子看了地上的兩根有布條的小樹枝。

「看好了？」老法師說：「現在這裏哪個是善？哪個是惡？」

小王子馬上拔劍出鞘，還來不及掄一圈，地上先起了一陣小風，那布條兒齊齊飄動起來，就像小旗子一樣。他正詫異之間，就在他眼前重演了方才村鎮裏的一幕：地下兩個小孩在哭、在躲、在滾，一羣人在踢、在笑。塵土飛起多高，聲音充滿了這個樹林子。小王子舉了劍，四處尋找，忽然與這惡僕打了個照面。他舞劍就砍，那個惡僕不及還手，就急忙閃躲。小王子一左、一右，然後知道開戒的一劈到了，就一下把逼在正中的惡人一劍劈為兩半，自己平時練的劍法也紊亂了，心也跳了，氣也喘息不定。

小王子的手還抖著不停呢，樹林中已經又早恢復了寧靜。甚麼小孩、甚麼惡僕、打手、路人、村鎮都不見了。地上兩根小樹枝中的一根被他從中劈成兩片，連寫了「惡僕」字樣的布條也齊齊整整劃成兩條。

「好劍法！好劍法！」平時不輕易誇獎出口的老法師不禁叫出聲來：「有經驗的武士也不過如此！」

小王子就像做了一場夢一樣，祇能呆呆地站在那裏。他完全迷惘了。他祇記得看見村鎮中一場紊亂，他祇記得看見了不平的事令他拔劍干預，他祇記得在氣憤中殺了一個從不相識的人。

他覺得自己的劍法以今天為最壞的了，最慌亂，最不美。他的判斷以今天為最草率最沒有根據。他自知是因為平時練習得勤，所以他在迷夢中殺了那惡僕，而沒有自己被殺。但是他無法因此自己慶幸。他祇慶幸他劈為兩片的是根樹枝而不是一個活人。

「你有資格開殺戒了！」老法師嘉許地說，因為他把小王子的心事都看得清清楚楚，也因之暗暗地感覺他的這麼好、這麼出色的學生終於從一個小孩子，這就要長大成人了。

小王子半信半疑地順從法師的命令，把劍交給法師由他舉起指著上天，祝告一切神靈准許小王子從此開了殺戒，憑了一把寶劍，為人間分辨善惡。小王子自己也趕忙跟著默禱，求上天再多賜他智慧，給他經驗，免他鑄成錯誤。法師把劍再還給他時，他覺得那劍好似平添了一倍的重量。

從這時起他們師徒二人雲遊的時候，就常常有小王子為各地除邪惡，救善良的事。這位年紀還不到十五歲的少年，做事認真，學識豐富，又慈悲為懷，又聰明果斷。不久他的事蹟、英名就傳遍了穿顏庫絲雅遠近鄰邦。可是無人知道這英勇的小僧侶就是他們的太子。

小英雄王子不輕易用他的寶劍。可是每一聽到老法師發問：「是善？是惡？」劍光去處從來不冤殺一個人，也從不會放走一個有罪惡的。不久，他們所訪問的地方就都沒有罪惡了，因為作惡的人聽見有這樣的師徒二人要到他們的地方來，就都趕緊改邪歸正。

又有一天，這法師帶了小王子要過一條大河，河身太寬，沒有橋樑，祇有一條渡船。他們就應了渡船老船夫的招呼上了他的船。

在船上他們詢問河那邊的風光，打探前面的路，忽然老船夫放下了槳，笑著說：

「河這邊已經沒有英雄事業好做了，又要過河去分辨善惡，仗劍殺人嗎？」

小王子聽了心上猛然覺到刺痛。他雖然摸不清老船夫的來歷，可是覺得他自己這些年隨了老師雲遊以來所苦苦學習的一切都不能應付面前這老船夫的譏笑。他正不知如何回答才好，老船夫又說：

「因為你，人間已經沒有罪惡了。過了河那邊就是陰間。陰間的事與人間完全相反，你還能分辨善惡嗎？陰間的生就是死，死就是生。善就是惡，惡就是善。」

小王子聽了不能懂，也不甚相信。他回頭去看他的老師。老婆羅門法師不知道在甚麼時候已沉沉熟睡了。

小王子有一點驚慌，再回過頭來看老船夫。老船夫好似瘋狂了一樣，用槳亂划了一陣，船在大河中央打了好幾個旋轉，小王子就迷了方向。老船夫一面划，一面大笑，問小王子說：

「你們要到河哪一邊去？你看這兩岸都是一樣的荒野，有甚麼不同？你要到哪一邊去，我就渡你們過去。」

小王子趕緊向兩岸細看，居然真是一樣的荒涼，找不出一點來時的記號。老船夫還是笑著。不等小王子在心上判定他是善是惡，是指點迷津的神仙，還是引誘修行人的魔鬼，就跨到船舷外邊，溜進水裏不見了，連槳也沒有給他們留下。

小王子獨自對了這大河裏滾滾的流水，守著酣睡的老師，想自己的心事。不久，他也沉沉睡去，睡夢中，手還緊緊把著他的寶劍。睡夢中他還左一劈，右一劈，當中又一劈，斬滅了不少比較容易辨認的惡魔。

醒來時，師徒兩個發現自己所乘的渡船，不知在甚麼時候順水已經漂流到穿顏庫絲雅國境裏來，兩岸都是家鄉風光，來往的人也都說的是家鄉的方言。

他們就上了岸，向人打聽才知道自己漂流了不少時候。這裏大家都已經在熱烈地準備為小王子慶祝還朝，和慶祝十五歲生辰的典禮了。他們計算一下路程，知道可以按時趕到，就一路不再耽擱，在生日的前一晚趕回首都，在郊外的一個高崗上，安頓下來，預備次日早晨按時入城。

城裏因為明天的重典已經是熱鬧非常。燈火在黑夜中照明了半邊天，把升在空中的香煙映成白茫茫的一片，籠罩在都城四郊就像雲靄一樣。慶祝的燄火就在這一片白霧似的煙雲裏面明亮。一陣一陣喜慶的音樂也從這照明了的煙雲裏為風吹送過來。師徒兩個旅行了六年也都疲勞極了，聽見城中的音樂，遠遠望見人羣，望見燈火，望見宮殿及殿前的高臺，就感動得淚水不覺流出眼眶來。

他們在高崗上打坐。望了路上一夜不斷進城去觀禮趕路的行人，望了城內的夜景，他們兩個一夜都不曾闔眼。

小王子似乎覺得六年光陰過得太快，有問不完的問題。老法師卻似有心事那樣，不像往常那樣殷殷解答。小王子好幾次想起這情形有點像在渡船上那樣：正是他需要老師的智慧的時候，老師偏偏昏昏睡去。他想要問老法師那次他為甚麼在船上會忽然入睡，又想問那渡船是甚麼船？那老船夫是甚麼人？那條河是甚麼河？可是又不敢問。

老婆羅門法師似乎是覺出來了這年輕王子心上的疑問。但是他沒有向他解說。

天色大亮了。人聲、車馬聲，雞犬鳴吠的聲音裏，他們參加了入城的行列。雜在鄉下人裏，其他的雲遊的僧侶隊伍裏。隨了市販商旅、婦人兒童、軍人、工匠，那些帶了各種行頭、貨色、工具行囊的，一齊湧進城裏。他們進了城裏一直不停，一直擠到宮門外的高臺前站定。

小王子的生辰時刻到了。宮裏鳴放了聯珠的一聲聲大砲，打在半空中。一下空中充滿了煙，人們的鼻子裏充滿了硝石燃燒的氣息。就在這熱鬧聲中，小王子隨了老法師一步一步走上石階到了高臺上。大家看見了那背了行囊，佩了寶劍的少年，才知道當年離鄉遠遊的那個嬌小的孩子現在已經長大，已經順利地完成任務，回到他們之間來了。

歡呼的聲音、鑼鼓音樂的聲音、鼓掌的聲音，像是一波未平，一波又起的浪潮。穿顏庫絲雅的都城就像是一條小船。在這浪潮裏蕩著。

臺上一切都由老法師指揮。連小王子的親生父母都不能隨便走近來擁抱他們久別的愛兒。宮內的侍姬，捧了太子的禮服、金飾也只能靜靜在一邊等候。大臣、軍、將、護衛，更站得遠。小王子穿了簡樸的僧侶裝束，由老法師把他安放在方壇中央坐下，法師自己這次反而站在壇下。大家看他要發言了，就都安靜下來。幾千、幾萬人羣裏，連小孩子哭的聲音都沒有。

「穿顏庫絲雅王子受封為太子之後，依禮儀規定出去雲遊六年，現在已經平安回到都城來了。」老法師緩緩的說：「有一位小僧侶的英名、事蹟，早已在我們回到家鄉以前傳到國中來。你們聽說的那一位仗了寶劍，到處除害的少年僧侶就是你們的太子！」

這時高臺上下所有的人更熱烈地鼓掌歡呼起來。

「太子的這一把寶劍現在已經帶回國來了。他分辨善惡的劍法已經沒有敵手，現在這無敵的劍法也隨了他回來，助他為國家的福利而勤勞。」大家聽了就又是一陣歡呼。

「太子！」老法師轉過身去對小王子說：「拔劍！現在我授你分辨善惡的最後一課！」

小王子就忽地起身，拔出寶劍，捧定了，站在那裏。全部動作，看的人眼還沒看清，就都做完了。劍是怎麼拔出鞘的，誰也沒有看見。

大家這時祇有驚嘆。望了臺上，方壇中央的美少年，他們就彷彿親眼看見了他那些盛傳的英雄事蹟一樣。這英雄受了這最後一次考驗就有資格做一個好國王。

小王子心上不明白今天在這典禮上為甚麼老法師要他拔劍。他習慣地、又機警地用眼四下打量，查看父王的近侍裏有沒有潛藏著的歹人。被他眼光掃著的就都忽然記起了自己曾經做過的不甚善良的事情：從小時淘氣，上樹偷了鳥雀未孵的卵，到昨天與朋友來往欺騙了人，大大小小虧心的事就都又回到心頭。

「太子！」老法師厲聲大喝：「你看我是善？還是惡？」

小王子大吃一驚，臺上臺下所有的人都驚呆了。

小王子把定了劍，向壇下細看。老法師身子左右一晃，忽然分成兩個人，一樣高矮，一樣胖瘦，一樣年紀，一樣聲口，穿了一樣的法衣，臉上長著一樣的鬍髭：

「你看我是善？還是惡？你看我是善？還是惡？」

兩位老法師齊聲喊。他們一邊喊，一邊跳動，就在壇前，就在高臺上亂成一片！

小王子左看右看，他努力要找出一個差別來。他仔細地打量。他知道這兩位法師一定是一善一惡，可是就是怎麼看，兩位都是完全一樣。小王子劍高舉著，就是劈不下來。

「你看我是善？是惡？我到底是善，還是惡？」

他們嚷的聲音更大了，跳得跑得更快，也更急躁了。

小王子心上記得他的老師為他開殺戒時說的話：

「你祇有一擊的機會，一擊不中，自己就要被擊，就要喪生！」

他又記得：

「喪生固然可哀，仍然祇是一生一死的事。若是判斷錯誤，殺了善，縱了惡……。」

小王子的回憶還在腦中起伏，兩位跳動的老法師忽然跳到一起，又併成了一個人。他一步躥上壇去，劈手自小王子手中奪下寶劍。雙手擧劍過頭，掄一下，向左一劈：「哈！」向右一劈：「哈！」

然後，直上，直下，比了一比。誰也攔不及，小王子躲也躲不及。法師就又嚴厲、又慈悲地大喝一聲：

「哈！太子，你去了罷！」他一劍把太子劈成兩半。

整個臺上、臺下，全體慶祝典禮上的人中，祇有老法師自己知道這位才華蓋世的太子，終久是不宜做國王的。老法師教了他六年，最後還是承認教育失敗了。

太子屍身不倒，不流血，祇自壇上慢慢升起，到了半空，合成一個打坐說法的姿勢。大家望見他兩手合十向四方膜拜，然後又俯身拜謝老師。隱隱地自空中傳下他嘆息又感激的聲音。

老法師把劍放在方壇上自己也跪下來向飛昇了的弟子祈禱。所有看見這奇蹟的人，自太子的父母親到臺下的人民也都跪下來隨著祈禱。成了佛的太子就慢慢升高，一直升到看不見了。

「善哉人子！善哉人子！」老法師像是歌誦著說。大家聽見了，也就同聲這樣歌誦著。

靈妻

自從被選為靈妻以來，這女孩的心理一直在成長、演變。她才明白這不是小孩的遊戲，這是真情。從此寧願借用她戀愛的神靈的眼睛來看她的新世界。

「靈皇皇兮既降，猋遠舉兮雲中！」

——《楚辭・九歌》

在一個很遠、很遠的高原上有個孤立又直矗的山峰。山下附近一帶都沒有人家田畝。因為山上是神靈降落的地方，這一帶自古即屬於神靈的禁域。不但林木不准砍伐、鳥獸不得獵狩；不是有神職的人，平時都不可隨意登山。放牛、放羊的小孩子們，不需大人管束，自己就不想到山上去玩。

成羣結伴在田野玩耍的小孩們，或是釣魚，或是捉青蛙，或是偷鳥卵的，不等走近了山腳的密林，就連說笑的聲音都減低了，祇是小聲兒輕悄悄地，玩了一會兒就轉向來路回去，連這森森的古樹林的邊緣都不挨一下。

四散在高原的城鎮、村落，以山峰為中心，遠遠地一個又一個，展到天邊看不見的地方去。再遠，就不是高原山地的王國了。高原下都是甚麼樣的地方，住著甚麼樣的人民，穿甚麼樣的服飾，說甚麼樣的方言，這山國的人都不大清楚，也不大介意。

這山峰像是一個光明的火炬；在天未明之前太陽先照在它峰頂上。在四野都昏暗之後，夕陽最後的餘暉還紅紅地映在石山巔上不捨得就離去。

就在山腳森林之外隔了原野、溪流，有一個村莊。它比所有別的村莊都要靠得山近。這不是一個普通的村莊，這是自古相傳從未間斷的神職子孫的村莊。這座山由他們世代看守、照應，就像是莊丁、家人，伏侍莊主一樣。

這村莊的居民雖然世代都是神職子孫，也並不都是能與時時往來山巔的神靈通音問、傳旨意的。這種職務因為實在太重要了，祇能由天生來最有性靈、最有資質的人來做。這種天賦要經過多少次的考驗才能證實，才能顯異。門戶的高低，家財的貧富，都不相干。有的人天生就懂得神靈的言語，別的人連有沒有神降臨在山上都感覺不出來。有的小孩子還沒有懂人事，先懂神靈的事。有的人，做了半生供奉神職的事，忽然一天再也聽不見神靈向他說話了！也有人衰老龍鍾，眼也花了，耳也聾了，神靈的旨意偏是他聽得清，甚至還偶爾能看見極難得的神靈顯示的聖像！

這聖像看見過的人從來沒有敢說出來是甚麼樣子的。自古以來也從來沒有人敢問。

這一天傍晚神職村人，老老少少，許許多多都聚齊在村外，灼急地望著這巨石山峰。這天清晨，村子裏凡是有點靈氣的人都由全村人民共同舉薦出來，集體到神山上去禱告。現在這二、三十個人已經去了整整一天了，還不見回來。太陽已經快要落到地平線下去了。各處都已開始昏暗，祇有半山以上的大石還在夕陽裏明亮。大石中間的隙縫顯得墨一般黑，直上直下的許多由陰影形成的線條更叫這奇峰出落得特別險峻。

在村外遙望的人彼此都沒有甚麼話可說。看看山巔，又彼此看看。小孩子們也都很規矩安靜。雞也不亂飛，狗也不叫。

在一旁小聲談話的是一羣十幾歲的女孩子。這是唯一出聲兒的幾個人。她們的命運把她們與自己同村的親友及家人給分開了。她們絮絮地說話，又像是彼此訴苦，又像是彼此安慰。

「他們回來了！他們回來了！」

忽然，好幾個人一同在石山上看見了一兩個移動的人影，便一同喊。登時，這村外人羣便熱鬧、激動起來。他們又用手指指點點，又跑來跑去找親近的人談話。

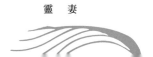

慢慢地山上看得見的人數便增多起來，一條長線像是螞蟻一樣順了石隙往山下爬，先下到半山的已經進入黑影裏看不見了，後面的還繼續不斷地在山上出現，加入行列。看的人已不十分專神向山上望了，有人已經開始往山邊走，去迎接祈禱的人們回來。

方才不停地說話的年輕女孩子們呢？她們此刻反倒一聲也不響了。她們也不去迎接，也不向任何人打招呼，祇自己聚在一起，緊緊地站成一團，動也不動。

山上的人回到村外時天色早已全黑了。想得周到的村人有好幾個早已回村去點了些火把，拿到村前來照明。村子裏有地位的人，就圍著回來的人聽他們報告。他們又聽、又商議、又時時往這一羣女孩子看一眼。其他的人心上雖然也一樣地著急，但是都很知禮地不擠上去聽。

他們這樣又已在村外聚集了很久，大家不知道到底是甚麼事，都有一點不安起來。

這時又有一隻火把從村裏出來。走近了，可以看出舉著火把的是一個美麗的姑娘。在火把的光亮裏，她的頭髮又黑又亮，眼睛也又黑又亮，她的臉更是被火烤得紅撲撲地。

那些商議大事的人們你推我，我推你，都向這邊看，又看又回過頭去聚議。忽然他們一起開始向這女孩這邊走過來。

人羣就都閃開，讓出路來。

拿了火把的女孩就站住不走了，祇拿了火把向大家看。

大家也自她身邊讓開。她就孤立在一大圈重重圍繞的人羣中了。她在黑夜中，優美地持著一個熊熊的火炬，就像一個女神一樣。

選一個童貞女孩奉獻給山上神靈的這件事，不但神職村民個個熟悉，這山國的人都認為是理之當然的事。女孩子們自小就由父母教導要注意自己容貌，要養成清潔的習慣，否則就不會選為神靈的新娘。她們又要學優雅的舉止和談吐，用眼睛一看，啟嘴唇一笑，都要有情致，有分寸；否則即使入選，獻上了，神靈也未必收留。

女孩子們人人希望被選去做靈妻，可是並不清楚被獻到山上之後都是甚麼情景。她們希望被選是因為被選之後人人都來慶賀、都來誇獎。全村喜氣洋洋裏，自己是這盛典的中心，熱鬧場面的焦點。從遠近多少城市村莊送來的最好的綢緞、最好的裁縫，就來為自己做裏裏外外的新衣裳。最珍貴的脂粉，最美的婦女，就來幫忙，指導美容。女伴們就一天一天地被自己比下去了。自己也真的一天一天地光彩起來，美貌起來。她就又心上盛不下這一份興奮同高興，也盛不下這一份孤單同哀愁。

做凡人的妻子她們懂得。出嫁時也是一團喜氣、一場熱鬧。做神靈的妻子想也必是一樣罷？

執了火炬，最後出村來的女孩有她自己的想法。她聰明，她的教養好，她自己又肯用心。她從來不夢想做神靈的妻子，也還沒有想到要做任何凡人的妻子。今晚看樣子恐怕自己已被選為神靈的新娘了，她忽然有了一種從來未經驗過的恐懼。

村中首領人物們走近她之後，先向她說話，然後再向大家宣布，這一次要奉獻的新娘已選定了！這次不是他們選的！是神靈自己指定的！

神靈指定要一個出現在他們面前執著一個火把的女孩！

她自己怎麼想呢？新衣裳？父母家門的榮耀？自己做新娘？忽然都不是了！她心中那些繽紛的彩色，各種熱鬧的聲音，忽然都變得很模糊。眼前只是灰黯的一片紛亂不停的影子；這裏面有自己的父母、親朋、村人、田野，但是一切都祇是零碎的影子，一切都不清楚。

清清楚楚的祇是一件事，就是她自己被送上山去，被留在山上的可怕的命運。她想不出神靈是甚麼樣子，也不知道神靈要怎樣待她。

「會不會不收我呢？」她想。

「不收就怎麼辦呢？收不收怎麼知道？過去不收的女孩子們，就都是甚麼下落？

怎麼只有送上山去做靈妻的；從來沒有再接下山來改嫁給人的？這種事從來沒有人說起！」她又想。

她身邊的熱鬧場面她完全沒心注意。她的父母來偎著她，女伴們簇擁著她，全村的人排長隊都把她當女神似的送回家。這以後，就要忙著按了古老的儀節，用一個多月的時光來準備她出嫁的事了。

「怎麼就知道奉獻上去的女孩，就要做新娘呢？這也許就是大家都那麼順著說的謊話罷？女孩就像是別的祭品一樣，像雞、像鴨、像豬、像牛羊！

「神靈就把我們拿起來，大把地抓了喫！神靈有手嗎？還是他伸出來的是大爪子？手臂上都是毛？混身都是又粗、又刺人的毛？

「手也好，爪子也好，反正他就把我們都喫個精光，連半根骨頭都不剩下？」她想。

祭神的這一天到了。清早天還沒有亮，各地來的人、馬、車輛已經嘈雜得全村內外沒有一片安靜的地方了。香火大把、大把地已經燒了好幾天，地上一堆、一堆的香灰都積得多高，像小土墳一樣。送行的儀仗由哪個城市來的都有。祈福禱告的人成羣地在香火裏合掌低頭，閉了眼，定著神，嗚嚕嗚嚕地不停地說。都要藉了這一個女孩的犧牲來求他們自己的心願，希望得到神靈的恩典。

女孩一夜也沒有睡好，這麼早就又給叫起來了。來幫忙的許多婦女們早已預備好了一切衣服、首飾，點了許多明亮的燈火來幫她梳洗。她們做這種事，就如做家事一樣，十分順手，十分熟悉。庭院屋子處處整潔，應用的東西都早就準備得停當。可是今天做這樣家事就又與平時不同。房內服侍梳妝，院裏清掃，下廚房去燒火、燒茶、做飯，都穿著新衣裳。匆匆走來走去就都刷、刷地響。

四、五個壯大的婦人來給女孩洗澡。女孩還來不及喊水太熱，就被她們一下給按到大木盆裏去了。大家就像洗一個嬰兒一樣，翻過來，扳過去，刷洗得乾乾淨淨，皮都好像被搓去了一層。

女孩混身燙得通紅，帶著水，又叫她們從澡盆裏給拉起來，一個人架起一隻手臂，第三個就用乾布給擦。前前後後都擦乾了。她剛以為可以放開她了，一個特別力氣大的女人，伸過一隻壯健的手臂一把又捉定了她，另一隻大手就給她擦香粉。她覺得有點像母親醃雞時，大把大把地往拔淨了毛的雞身上搓鹽。自己就是母親手裏緊抓著的一隻小雞。她正想著，一隻腳又早被那婦人捉住，把她倒著提了起來，身子幾乎都離了地，在兩腿中間也上了許多粉。多餘的粉落在她臉上，嗆得她出不了氣。

這些善良的農婦們做事就是這麼利落，這麼快。

她們依了古禮，給女孩梳了頭，戴了首飾，穿了七層長裙子。這時天才亮。

坐在鏡子前面，女孩看自己裝束好了的樣子也不悲哀，也不歡喜。她覺得這些衣裳、這些珠寶都與自己無干。她覺得這些有經驗的成年人，連自己的父母在內，都不及自己懂得神靈。她看了鏡中自己睡眠不足的臉，被脂粉遮住，自己年輕美好的肢體為層層的衣裙裹住。她心上想：「若是神靈不收我，怎能怨他？祇能怨中間的這幾層脂粉、衣服，同這古老的祭禮，把自己勞頓得半死！」

她又想：「還要怨把自己與神靈隔開的這幾層人！在自己與最親近的父母之間，先夾入了這些懂得祭神規矩的婦人們。自己的母親連幫忙都插不進手來！然後在自己與神靈之間又先夾入了自己的父母親，再加上這些婦人，門外的儀仗，各地的代表，傳神靈旨意的神職！到底是你們大家去嫁給他呀？還是我嫁給他？」

女孩家門還沒有開以前，話已先傳出去，說裏面已經準備好了。等到大門打開時外面人羣爭著來看，就看見在大門裏正中端坐著扮得整整齊齊的新娘。他們就都搶著擺上供桌，又燒香，又禮拜，又祈禱，希望靈妻來日善視他們。這樣足足鬧到快要正午。

正午時，關上門休息。門外也都清理出街道，送行的儀仗也都排好了次序。再開門時，女孩已被放在一乘輕便的小轎椅上。四個婦人把她抬到門外，撤去轎竿，連轎椅一齊送進門外準備好了的大轎子裏，才由許多男人抬起上路。一路上，路邊都有供桌，幾乎一直排到山腳下，森林的邊緣。

在這裏，祭品、酒食，都已陳列起來，擺得好不熱鬧。不久，來送的人，就要在這裏把撤下的供品大喫一頓，供在這裏的酒食是為了喫的。這慶祝的神筵要足足喫大半天直到夜深。

供神的活雞、活鴨，要由人提了。跟著祭祀用的豬、牛、羊，走進森林，另有地方上供。

神職們在入森林以前也把女孩子從大轎子裏請出來，四個轎夫重新把轎椅的桿子穿好，再抬起她走。大家連服侍她的婦女一齊這才進入森林，外面的人就看不見他們了。

許久，許久，抬轎子的男人，許多管事的人，一部分婦女，都跟了空轎椅回來了。在他們後面幾個司祭祀的神職人員也回來了，大家就知道在林子那邊祭告的儀式已經完畢。她們已把神靈的新娘送到半山腰，現在是由幾個貼身的婦女陪她爬到山頂去。

最後，這幾個婦女終於下山回來了。這時天色已黑，森林外的酒筵，加上祭神的音樂、舞蹈，已經比過年都熱鬧了。他們一直慶祝，宴樂到夜半。小孩子們及吃醉了的人們早已橫七豎八睡了一地。

這些人聲、鑼鼓的聲音，也不知道獨自留在山巔上的女孩聽得見，聽不見？

自從被選為靈妻以來，這女孩的心理一直在成長、演變。準備了一個多月，她自己慢慢地也以為真是要上山去做神靈的妻子去。這與做高原人的妻子也沒有甚麼兩樣，祇是居住的地方又高了一點而已。

入了森林，到了山根下舉行第二次祭典的時候，她看見管事的人們把祭神的動物用繩索拴在一排穿有繩孔的大石上時，才又有些疑慮。大石的數目，排列的形勢就如廟裏的供桌一樣。她看見帶來的上供生畜，正合石頭的數目，心上知道這一切都是安排好了的。她覺得自己的命運也如這些生畜一樣，已經被安排好了。她也如這些動物一樣，活生生地被供上，沒有人向她解說。她猛地裏想起一件心事，就忙用眼四下裏尋找：

「這些大石塊附近還真是半根骨頭也沒有剩下！」

到了石山頂上的時候，女孩因為爬山運用了體力，就感覺到有一種適意的疲倦。她就像是由年長的女眷帶了遊山的女孩，腳步又輕捷，心境又好奇，留連在山上直是玩不夠，真不想回去。那些像是她的姑媽、她的舅母的婦人們不但不必擔心她會逃走，如果她真要脫逃，她們也休想追得上。

山頂中央，真如她想像的一樣，有一塊又大、又平滑、又花色紅潤的大石。她為這石頭美麗的光澤所炫住，不禁被吸引了，靜靜地，又崇禮地走向前去。

這渾厚的石床有半人高，女孩爬了上去，在這有一間屋子大的平面中央有四個穿繩的石孔。她知道這是她手、足要被縛住的地方了，就虔誠地平躺下來，伸出手足直到石孔的地方。

她就像是一個做遊戲的小女孩，她心愛這遊戲極了。心上喜歡極了。

她祇極輕微、極輕微地有一點害怕她柔嫩的皮膚會被那粗麻索磨破。

那幾個婦人心上就疼愛這個有教養的姑娘極了，覺得她真不辜負她們的教養。她們就把女孩的手足緊緊縛在石上，她們用來縛她的是柔軟彩色的絲綢，不是繫生畜的麻索。

女孩被伸平在石上，想欠身起來謝謝她們都不能，祇能口中有禮貌地向她們道了辛勞。她仰著的臉，正對著青天，在眼角上看見這四位婦人善意疼愛的臉。她們告別走開後，她就看不見她們了，祇覺得她們臨下石的時候，還為她拉了拉裙子，把衣服給她理理平整。

她自己呢，正舒適地想休息一下。她爬山以來已經暖熱的肢體正喜歡在這坪石上攤開，吹吹風涼。身體的微勞，正足緩和她心上未能完全排遣得盡的疑懼。

這樣，天就不覺慢慢涼了下來，也暗了下來。這個在山上做遊戲，不想回家的小女孩忽然想家起來，忽然想下山回去。她對自己說：「我要回家了！我要我的媽媽！」

「我已經玩夠了！」

這時，她才明白這不是小孩的遊戲，這是真情。這時她才真知道她的手足四肢都被拴得緊緊地。拴的規矩都是古老相傳，早先安排好了的。

天色向晚尚未全黑的時候，起了一陣一陣的微風。微風帶來的寒氣，誘引起了她的恐懼心理。她一層一層的衣服都抵禦不了這冷空氣的侵襲。她皮膚也緊張起來，心也跳動得快了，手心冰冷，又出冷汗。

她想把手掙出來，但是半毫也掙不鬆。若是拴她也用的是粗麻繩，她定會掙扎得手腳都出血。

她並不是怕甚麼。若是神靈來活生生地喫她，她就是沒有縛住，難道還真跑得脫？她祇是要有自由，要手足聽自己使用。她要能坐起身來，站起身來，聽聽四周有甚麼動靜，看看有甚麼事物在向她靠攏過來。

但是她祇能平躺在那大石床上。

風又緊了一點，漸漸又夾上了些微雨。雨水慢慢浸潤了她的臉。她的脂粉開始沖流，又叫她臉皮上癢癢地難受，又叫她心上難堪那零亂了的面顏。但是她不能用手去抹。

風又輕狂了些。先是幾次掀動了她的衣裳，後來索性一層又一層揭開她的七層裙子。她本來還想掙扎著看看這是一陣甚麼風。後來知道手既不自由，甚麼衣服自己也維護、整理不了，便祇有羞得把雙眼緊緊閉上。

風就索性威武嘯號了起來，山上砂石都因之飛舞，連這巨大坪石都震動了。她的衣服如疾走的戰場上的旌旗，為風拍擊，條條碎破，然後一絲兒又一絲兒地吹走了。她的美麗的雙眼就閉得更緊了。

這時先下了一場大雨，雨水把她的脂粉完全洗去，從上額到鬢邊，從眼皮到眼角，從鼻端到兩頰，從嘴唇到頸下，不斷地流。大雨又把她全身都浸潤個透。她身下石上也積了水，這裏的雨水就因她年輕健康的身體而溫暖。她感覺風也不冷了，雨也不涼了。她脂滑玉潤的皮膚上的水珠也都是亮晶晶地帶了愉快，又微溫的光澤了罷？但是她更不敢睜開眼睛來看，祇敢在緊閉了的眼睛裏眷戀地撫愛這想像的情景。

忽然，她被甚麼東西觸著了。這也不是風，這也不是雨。她全身已經敏感過度了的皮膚，處處起了反應，因之她無法知道觸著她的到底是甚麼，也不知道碰到的是她身上甚麼地方。她只覺得全身都刺痛，所有皮膚的毛孔都有銳利的黃金做的精緻的繡花針無情又雜亂地鑽刺進來。她不自覺地弓起了身子要掙脫，忽然發現她手足原已是自由的了！縛了自己手足的絲綢帶子也早已同衣裙一起為風吹走了！她就舒出手臂把神靈貼身緊緊抱住。

這樣，又好久，好久。

等到她氣息平定了，她才想起這整個時光都是緊閉著雙眼。她就要微微閃開眼來看看她自己眷愛的神靈。但是她睜不開眼來！她的眼皮在這緊緊閉著的一段興奮的時間裏已經長在一起了。她的眼睛再也睜不開了！

也不恐懼，也不失望，也不好奇，因為她感到整個、完美的滿足。這個從前很有自己看法的女孩，從此寧願借用她戀愛的神靈的眼睛來看她的新世界。他的看法，就是她的看法；他的想法，也就是她的想法。

擁抱著她的神靈已經感覺到了，就輕輕地把她帶起來，在夜空中飛走了。

花豹

小雌豹優美的步子輕得落地都沒有聲音，小花豹忽然覺得要跟這個美麗的小雌豹併著跑，並追越她。小雌豹順勢將自己為小花豹的尾巴織的網子套上，他本能地猛摔幾下，小雌豹憐愛地把摔得有點鬆的網子收緊，還替他順一順尾巴附近的花毛。小花豹彷彿感覺又回到小時候，又有母親舐他的花毛，舐他豎起的尾巴。

小花豹小的時候，母親很喜歡他。那時候，他從頭到尾，拉直了也比母親的頭長不了多少，母親伸出舌頭來舔他，那舌頭就有他身子小半個那麼大。舔到他身上就舔濕一大片。舌頭的力量又大，母親舔他右邊，他就往左邊歪；舔他左邊，他就往右邊倒。

小花豹要把四條小腿通通伸直了，用盡混身力量站穩，迎了過去，才能不被舔得在地上打滾兒。

母親呢？祇是又疼愛，又耐心地，垂了她那圓圓的大頭，一下又一下地舔他；並不十分注意地看他。她的眼睛越過了小花豹的身上，一直遠遠望到山外的天邊去。

小花豹要母親來疼他的時候，他就在母親跟前這樣轉著走，這樣蹭著他母親走。母親有時候並不理他，他就索性走到母親脖子底下拚命把個小頭昂起來，把下巴抬得跟前額一樣高，閉了眼睛，擦著母親下頷走過。他的脊背便不夠高，擦不著母親頸下柔軟的白毛，可是他的小尾巴，直豎起來，就又可以觸上了。

這樣鬧了半天，母親就會猛地伸出一隻圓厚的大爪子，一把就把他拍倒，按在地上，狠狠地舔他。他就倒在地上一時不急著起來，也不叫喚求饒，也不嗚嗚地做嬌，祇忍著痛，等候母親氣平了，他才慢慢站起身，由母親從頭到尾仔細地舔，這樣，不一會兒，全身灰褐色有黑斑的毛就都理順了，也潮濕、潔淨有光澤了。小花豹這才嗚嗚地輕輕地喚著，感謝他的母親。

母親並不在這時候就停；她緩緩有節奏地，一下又一下，從頭一直舔到脊背，再接著舔到尾巴，小花豹的尾巴就豎得筆直動也不動在母親舌邊劃過。

小花豹的母親就這樣愛他，他就已慢慢長大成了一匹出色健康、快樂，又好看的花豹子了。

花豹們小的時候，後腿比前腿要長得多，行走起來，頭低尾高，樣子實在很可笑。充分長成的花豹，背樑的前後就差不多是平的了。老花豹的皮肉就要垂了下來，掛在兩肩上，肩骨就突出來，顯得比後腿還要高，反不及未長成的年輕花豹看起來順眼。但是不論老少，花豹都能跑得極快。任何時候需要特別發揮高速度，他們就能一下風也似地衝向前去，有力的前腿並著往後扒，後腿接過來一齊往後蹬，身子弓起來，又伸平，就好像完全沒有體重一樣在原野的空氣中平著前駛，一根滾圓渾厚的尾巴波浪起伏，在身後自由地飄動著。

花豹的性情，就是這樣，時時要這樣飛跑一陣。跑得快、跑得身子輕、跑得混身筋骨肌肉都舒展開了，才覺得快樂，才覺得自己真是一匹花豹。

就這樣，小花豹長大了。他的皮毛開始轉變成金黃色，隱隱約約還帶一點橘紅。在這樣好看的底子上，清清楚楚地長著濃厚的黑斑點，黑絨絨的叫人喜歡。尾巴上一圈黑一圈黃，一直到圓圓的尾端，就叫他的尾巴顯得特別粗壯、健美。

他與別的年輕的豹子不同的是他的後腿仍是比前腿高不少。已經是這麼一匹體面的豹子了，還是頭低尾高，走起路來，甚至跑起來，還像是蹦蹦跳跳地，不成樣子，有些可笑。

他走得慢時，不但樣子幼稚，簡直可以說都走得不穩。他慢跑時，有點像是一顛一顛地很不平安，但是急跑時，尤其是猛衝時，他的真本領，就顯出來了；那特別強壯的後腿每一蹬就把他直彈起來，他的前爪就平撲出去，他混身的肌肉就都配合到完美的高峰。他明快銳利的眼光會急驟地選好他落腳的地點，他的四隻爪子，就一點也不錯地踏在選好的、得力的落腳點上。他就越跑越快！

別的豹子喜歡他，就管他叫「小花豹」，因為他這種不合規矩的跑法還是小豹子的樣子。

小花豹還有別的奇怪的地方：他跑得最高興的時候，他的尾巴不但不平伏著在身後飄擺，反而會忽地直豎起來。滾圓筆直地豎在那裏像一位得勝的大將豎起他威武的旗幟一樣。

就這樣，這個母親疼愛的小花豹，就長成了。他娶了一個美麗的小雌花豹，生了兩隻好看又好玩的小小花豹。他們快活地住在一起。

小花豹做了父親，他的後腿還是比前腿長，跑起來蹦蹦跳跳。跑得高興了，自己都不知道怎麼一回事，尾巴就筆直的豎起。他就是這樣一匹荒唐的小花豹。

花豹們在春天雪化了以後，從青草還不高的時節起，就常常有賽會。有時一、兩天就完，有時三、四天，或者四、五天，大大地熱鬧一陣才罷休。這樣賽會要到秋天草黃了之後，下了大雪才停止。

賽會的時候各樣的花豹，就自各地方來參加。平原的豹子，野山裏的豹子，都自己尋路到這森林中的一大片空場來。賽會也沒有甚麼形式，祇是大家高高興興的覓伴賽跑。有時兩個並著跑，有時一羣豹子一起跑。有時祇跑一兩趟來回，有時要跑好幾大圈都不停。這時就有跑幾圈就下來的，也有半途參加的。

小豹子們都由母親看管不許夾在裏面跑，怕被踩傷了。可是場子空著的時候，半大的小豹子們也可以出去比一下。不過他們真正賽跑的時候少，打著玩的時候多，鬧一陣，滾一陣，看見大豹子們要比賽了，他們就趕緊退出，回到母親身邊來。

小花豹最喜歡賽跑，所以每次賽會他一定帶他一家都來。但是他跑得太快，沒有別的豹子比得上，所以他很少很少下場比賽。他的小小豹子又活潑，又不太聽話，他也要幫他的妻子看管他們。他們太鬧了，他就把他那毛色特別豐澤的大粗尾巴伸過去，一下把他們兩個都掃倒在地上，然後就用尾巴把他們壓住。兩隻小小豹子就掙扎著爬也爬不起來，翻也翻不過去。仰著白毛毛的小肚皮，四隻爪子在空中舞著抓著，瞪了圓圓的眼睛，狠命地叫，也沒有用。他們的父親這樣管教他們的時候都不必用眼去看他們，他的大尾巴就這麼準。他們的母親有時偏過頭來看看他們那份兒沒辦法的神氣，不但不給說情，還笑著說他們不乖！

她然後就又陪著小花豹看賽會，小花豹的兩隻深銳的眼睛襯了鼻子兩邊黑色的溝紋，就更炯炯有神。他們專心地看賽會，會場上許多別的豹子也專神的看他們。

小花豹偶爾也下場去跑一跑。祇要他一下場，那些跑得快的豹子們，不論是不是剛剛跑過一次，應該休息，或是有別的事需要做，就會都丟下同伴來參加，或是邀了同伴一齊參加。大家高高興興熱熱鬧鬧，快一陣，慢一陣，起勁地跑好幾個圈子。有時這樣跑跑也就很滿意了。小花豹就一竄一跳地又回到自己家人一起。

不過多一半的時候，大家都希望真能把小花豹的興致引起來，能夠讓他真撒開步子，痛痛快快跑一陣。這樣，他們等著要看的一幕就來到了！小花豹的步伐就突然加快，沒有幾下，就把大家都留在後面，然後他自己就像收不住腳那樣，越跑越快，越跑越快，幾個圈子之後，忽然那有名的尾巴就豎起來了！

大家就喝彩，就又叫又跳！就看小花豹獨自跑一陣，然後一直跑到他那笑著等著的妻子身邊去，尾巴還是直著的。

小小豹子們就抓著，咬著他們父親耀目的斑點花皮，爬到他身上去偎著。好幾次賽會都是這樣結束。

一般說來，雌豹子比雄豹子跑得快。小花豹比賽的時候也喜歡跟雌豹子賽跑，他是喜歡賽跑，她們是喜歡跟他一起跑。不過這一切都很好，反正不論雌雄，他們之中都沒有能跟小花豹較量的。尤其是小花豹猛一前衝的時候，雄豹子也好，雌豹子也好，都一樣落在後面。等他清清楚楚獨一個遙遙領先的時候，他就豎起了他的尾巴，比賽也就算是終結了。大家也就散去。

幾次賽會之後，秋天快要到了，這會場上的情景就有一點改變。年輕好看的雌豹子們常常湊成一羣，彼此鼓足勇氣，去引動小花豹來一同跑。小花豹也就常常應邀下場同他們跑一跑。這些年輕的雌豹子們足力正飽滿，能叫他在一同跑時得到那種一陣風也似的疾走的快感，所以他也很喜歡同她們一起表演賽跑。別人——連他的妻子在內——也都愛看他們。不過，若是跑了一陣之後，他或是覺出有的雌豹子太接近他了，或是發現他們之中有些目的是在邀他注意而不是在一同領略這賽跑的美感，他就忿忿地直衝前去，幾竄，幾跳，就離開她們多遠。大家看見他那一圈黑、一圈黃的大尾巴直指向天空，就都知道他在責備她們了，也都知道這一次賽會又算散場了。那些不能自制的小雌豹們也只有又慚愧、又喪氣地自己抱怨自己。

小花豹就展出全身的無比的力量，風快地獨自跑上幾圈，發洩一下心中積壓的悶氣，高高地翹著尾巴，往他妻子那邊回去。

他的兩個小花豹這時已經長得大多了，就跑到場子裏來，蹦蹦跳跳來接他們的父親。父親慢了下來，大家都看見他們父子三個，都是一模一樣地後腿比前腿高，走著那種特異的步伐。

看著的小雌豹子們就不掩飾地嘆息出聲來。小花豹的妻子只微笑著，一動也不動，靜候她的丈夫回到她身旁臥下。

冬天快要到了，夜晚有時已經很寒冷。第二天若是沒有陽光，陰雲之下，地上的霜一天就都不融化。豹子們的爪下的枯草又冰涼，又鬆脆。今年也許沒有幾次賽會就要休止過冬了。

年輕的雌豹子裏有一隻特別長得好、跑得快、又聰明的。她在前幾次賽會上也一同跟了小花豹跑過。不過後來她就不參加了。不但不參加，有時連會場她都不到。她自己躲在一個祕密的山洞裏去用各種好看的鳥羽同獸毛忙著織一個管狀的長網子，這個網子是她為小花豹特製的禮物，為了裝飾他那有名的尾巴的。

她心思又細，手工又巧，她想用這個網子來表示她對小花豹愛慕的誠意。她不願叫任何別的豹子知道，一來怕小花豹為難，二來怕別的雌豹把她的主意學了去，紛紛織了些亂七八糟的網子也獻上去。就這樣，她好幾次賽會都不去，就自己努力編織，終於這天在賽會前把網子織好了。她還在網子尖兒上加了一個大白絨球。

這天天氣陰沉沉地好像大雪就要下來。賽會場上豹子雖然多，想比賽的簡直沒有幾個。小花豹的孩子已經大了，他們參加年輕的一羣跑了幾回之後，別的豹子又潦潦草草地跑了幾場。然後，就是那些小雌豹子們又來挑逗小花豹，要他來同她們一起跑圈子玩。小花豹很禮貌地同她們跑了一陣，也沒有出甚麼事，也沒有甚麼精彩表演。有些小雌豹子並且已經向他道了謝，又告了別退出場去了。

忽然這隻好看的小雌豹快捷的跑到場中來，大家都注意到了她的速度同悅目的毛色。小花豹本來已經開始往場外走了，這時也慢下了步子，並且回過頭來看。

他仔細觀察了這小雌豹跳躍馳走的姿勢就知道她雖然已經跑得很快，可是還沒有使出她全部的本領來。小雌豹這時又縱身一下跳到半空，在落下來以前又翻了一個身才四腳同時著地。小花豹看得喜歡，就轉身又回到賽會場中來。

看賽會的豹子們誰也沒敢為小雌豹喝彩，他們雖然都覺得這小雌豹本領高，可是不願意鼓勵她在小花豹面前太逞能。其實小雌豹一點向小花豹較量的意思都沒有，她祇是極欣愛、極仰慕這神速又壯麗的小花豹，她的舉止就像一種參拜的表示。小花豹心上也沒有一點猜忌，他高興了起來，就加快了步子，那麼一顛一顛地，後腿長，前腿短地，尾巴又那麼鬆鬆垂垂，在身後平飄著，向小雌豹跑過來。

這個小雌豹忽然成了會場大家注意的中心。她蹲伏下去，專注地看著小花豹，一點也不害怕，一點也不退縮。等到小花豹快近身了，她就輕捷地一下竄起來，不等小花豹跟她比齊，她已飛快搶先上了跑道了。

她繞了場子盡力快跑，她優美的步子輕得落地都沒有聲音。小花豹就快樂地追她，他越追才越感覺這個小雌豹子跑得好快，也才越能發揮出來自己無比的速度。他在轉彎的時候不但不抄近路，反而更要漾開去，故意多跑一個大彎路。他那壯健的四條腿在高速時才真勻稱好看。他的臉，他的大圓眼睛，他鼻子兩邊的溝紋就都是帶了高興的笑容的了。

她也不示弱，她健步領先一圈又一圈，好像可以無休無盡地這樣一直跑下去。會場上所有的豹子就都一齊叫起好來！

小花豹忽然覺得要跑上前去跟這個美麗的小雌豹併著一齊跑圈子。他方把身子一低，就如同強弓弦上射出去的箭一樣快，幾乎就跟她追平了。他笑著偏著頭看著她腳步跟她合著節拍又跑了一圈，她也笑著看著他。

會場四周喝彩聲就更響亮了。小花豹心上有說不盡的歡喜，不覺速度也就又增快了。就在這時他那好看的大粗尾巴就豎了起來，他也漸漸追越了他的伴侶奔向前去。

小雌豹也同大家一樣高興，也是滿心歡喜。她就在小花豹從自己身邊追過時，立起身子來用她的前爪拿著自己為這著名的尾巴精心織的網子，輕輕給它套上。那網子尖端上的大絨球就顛顛地在小花豹筆直的尾巴上跳動，也在所有看著的豹子們的眼中跳動。

平常的時候，那些膽小的、愛慕小花豹的小雌豹們若是跑得離他太近了，或是觸著他了，她們自己心上就會不安起來、畏懼起來。再看見了他豎起的尾巴就更如被宣判有罪一樣，就要失去所有的勇氣，敗陣下來。可是這次豎起的尾巴所舉著的卻是她親自織的、專誠送來的網子，這個小雌豹就好像很理直氣壯地也分享大家的喝彩。

小花豹一邊跑一邊回頭看，才看見套在自己尾巴上的網子，跟高高在上的大絨球。他不知道應該怎麼辦，可是也沒有生氣。他覺得大家都認為這個網子跟他的有名的尾巴很相稱，他自己也覺得這個用各色鳥羽同獸毛織成的網子很好看。雖然如此，小花豹還是本能地把尾巴左右那樣猛摔幾下，似乎是要把這個網子摔脫掉。可是網子的大小織得剛剛合適，套得緊緊地，摔不走，祇是上面的大絨球就更舞動得厲害了。

本來是喝彩的豹子們，現在就大笑起來了。小花豹有點害起羞來，覺得小雌豹是一番好意，自己不應該這麼粗魯。

小雌豹一點也沒有在意，她只憐愛地把摔得有點鬆的網子給收一收緊，還替小花豹順一順尾巴附近的花毛。

大家就更喝彩，更大聲笑。

小花豹彷彿感覺自己又回到小時候去了，又有母親舐他的花毛，舐他豎起的尾巴，就高高興興地，蹦蹦跳跳地放開腿向深山裏跑去。小雌豹也就在他身邊一同跑著、跑著。

大雪下來了，大家都看見小花豹尾巴上舉著的大白絨球在雪花中飛舞著。大雪更下得密了，他們也更跑得遠了，就漸漸都看不見了。

宮堡

年輕的王子要出遊為宮堡娶進一位最莊麗、最完美的王后。當王子變成了中年的風塵孤客，他就越走越遠，覺得所有的地方都像是這同一個世界的不同色相。每一個女子，不論美醜、種族、年紀、性情、身世，都不過是一位老朋友在各種不同情境下，一時之身影。

在一個羣山環抱的一片肥沃的平原中央，有一座正在建造中的宮堡。這裏沒有農田，沒有村落，自古以來，就不曾有人到這一帶地方定居。這整個平原是一個完美的處女地。

三年前，這個王國的一位王子將要到十七歲的時候，有遠處來的異人告訴他這裏有這樣一片完美自然的土地。若是再加上人類的智慧同機巧，就可以成為世間的天堂：至真，至善，也至美。後來，王子十七歲成人的典禮快要到了，他就向父王求這一片平原及環繞的山嶺做他的采邑。他把理由說明了之後，他的父王十分嘉許，不但答應把這一帶地方封給他，並且命令大小官員，及宮廷顯要，都陪同他們父子到那平原去舉行一個封疆儀式，這儀式就與他的愛兒的成人典禮合併為一，要加倍隆重。

行禮的這一天，這些顯貴的人們穿了華麗的錦繡，聚集在不見人煙的原野裏，別有一番深奧嚴肅的靈感。父王看了這片平野果然秀麗，心上十分怡悅，就宣稱他要加賜給他的愛兒一座宮堡。要不惜任何花費，要請最有手藝的石工、木工，要自世界各地運來最珍貴的建築材料，要由他的愛兒自己主持設計，來建造他的天堂。

在場的人沒有一個不為這情景深深感動，沒有一個人不衷誠地為這一片土地及這麼好的父子祝福。因為他們都感覺到人生最高的理想就是完美；若能在達到完美的過程中參加一份力量，或是僅僅做到一個旁觀者，都是稀有的福氣。這時候那環繞的羣山也都像是誠敬的見證者一樣，又沉默又慈祥地觀禮。

從三年前那時起，這宮堡就開始丈量地畝，清除工地。地址劃定了之後就一面挖掘地基，一面開鑿城池，並且把溪水引到護城河來。各地來的工匠，帶了做活的工具，攜著家眷、妻小，駕了牛車、馬車，不斷地向這裏聚集。風聲傳得遠了，從別的國家都有人來。祇要是自己覺得有本領可以來工作，有學識可以來獻議，有經驗可以供參考，就絡繹不斷到這裏來求一個可以表現自己特長的機會。

這護城河外就聚集了上千的人口，住在他們簡陋的木棚或是帳幔裏。居處的附近就散牧著他們的家畜，牛羊；門前的土地上雞鴨就在四處覓食。大家成年在這裏盡心盡力地工作，從不想自己居處的卑小及這宮堡的瑰麗。他們覺得自己這些小木棚、小帳幔好像是一羣苦命無告的孤兒，自天邊流浪到了這裏，為這宮堡所收留。宮堡像是一位慈母，他們都擠在她的懷中吃奶。

這宮堡又像是收留他們的慈父；在他日漸增長的影子裏，他們才有保障、才得安息。

因此，他們不用督促，工作起來，人人都竭盡他們所有的能力。他們要把這宮堡建得又堅固、又高大、又好看。

他們更不作踐任何一片原始未動的土地，不多砍伐一株樹，不多移動一塊土裏的岩石；要保存這裏靈異的土地原有的資質同氣脈。

這樣他們如同一家骨肉一樣忙了整整三年，這座人間天堂的宮堡已漸漸成形了。這宮堡的事蹟及神異的起源也就傳得很遠、很遠。許多國王都派大臣來見這位賢智的年輕王子，來給他們國內的公主說親。

這些國家都是極有文化的。若不是如此，他們的君王也不會有這種智慧能了解這個完美的哲學觀念。

年輕的王子有禮貌地接待各國的來使，答應宮堡的工程告成之後再去回拜他們的國王。他就在又要設計、又要監造的百忙之中，這樣常常接送遠道來的貴客。他也就在這樣的生活經驗裏更增長了學識、同智慧。

他覺得他的使命有至大、又至微妙的意義。他覺得他是為這所有的人，這一切企望又祈求的人，來建造一個世上的天堂。他的智慧一天比一天增進，而這個意義也一天比一天更深奧。他就變得更謙恭也更謹細了。

這三年來教導、啟發鼓勵他的是一位清瘦、身高、鬚髮又白又長的老者。在工程一開始的時候，他在誰也不注意的情形之下，就到了這地方來。他是甚麼人，自甚麼地方來的，都沒有人知道。但是因為他的學問，他的談吐，他公正的態度，人人都尊敬他、聽他的吩咐。他祇是每天早起早歇，四處查看。他來時就是慢慢地走著來的，一隻手扶了他才四歲的小孫女兒的肩膀，一隻手抓著披在自己肩後的一個布口袋。現在仍是扶著小孫女走路，這裏看看，那裏看看，跟這個說說，跟那個談談。那個布口袋就不背在肩上了，他把布口袋留在大家自動為他祖孫二人蓋的一個小木房裏。

他來了不久，王子就聽見做工的人傳說有這麼一位異人老者也來幫忙，王子就親自去訪他，從一見面起王子就以師長的禮節來尊敬他，時常同他在一起。大家做工的人都各有各的工作地點，挖溝的挖溝，導水的導水，修路的修路，種樹的種樹，老人扶了孫女則自由到處查看、指點。他若是許久沒有到一個工作區去教導、教導，或是誇獎、誇獎，那一區的人就會有點不能心安，盼望他快來。

宮堡裏以及宮城圍繞的庭臺院落裏慢慢變成禁地，老人扶了孫女仍是自由出入。他教石工按放石階，瓦工安排洩水簷管，經他一指明，誰也馬上就看出雨水的來頭去處。本來是破壞摧毀建築物最有力的雨水，現在變成培養宮堡地氣最有功的自然因素了。

因為雨水分布均勻，流洩得和緩，庭院的草木就長得茂盛，地裏的樹根把泥土也抓得牢固，地基不鬆壞，石板石階不塌陷，牆壁、屋頂不漏水，這宮堡慢慢成長得如一座石山，可以與天地同久。

宮堡裏的廳堂、起居、宴會、安息的宮室，只要王子想得出來，他的老師就會依了他的心意指導工匠來造成實物。

老人同他的孫女因此也自由在所有的甬道、旋梯、密室裏行走。休息的時候，老人常常走出宮堡樓上，到一個大石欄杆圈起的平臺上與王子閑談。小孫女就一邊服侍祖父，一邊靜聽。有時他們想到了甚麼事，有甚麼工程上的命令，或是要一杯茶水，小孫女就跑著去送信。所有的人裏，誰也沒有她對宮裏一切道路房間熟悉。她傳話口齒又清楚，來回又快。

現在這宮堡快完成了。宮城外市集似的棚子、攤子、臨時居住的房子帳篷，就都慢慢地一天一天減少了。依依告別了的工人、家屬、牲口們，就在這三年來新走成的大道上緩緩離去。他們揚起的塵土，在日光裏明亮，把彎曲走出山去的大道顯示得很清晰。老人同王子在平臺上每天看了都有些傷感。

那些離去的工匠自然也是感傷，但是都覺得已經盡了自己的才力，沒有自己可以再做的事，也就又滿意，又感激地回到人間去。

所有的人，從老人到工匠，連王子算在一起，都覺得建造天堂恐怕比住在天堂裏還要快樂，還要幸福。但是這種感覺有時很難察覺。有的人就是感覺到也說不出來。

祇有這個小孫女，這時已經七歲了，一直是快樂的。她覺得每天看了這宮堡修建起來；每天在裏面、外面，跑來跑去；每天聽祖父同王子談話，一切都是好的。在她這個年紀，明天，每一個明天都是又光明，又興奮，又無限新奇的。何況，這些日子裏祖父同王子最常談的已經是王子去回拜各個遠處的王國的事！怎樣準備這次旅行，怎樣挑選公主；然後，怎麼樣，怎麼樣，為王子辦一個空前無比的婚禮！為天堂娶進一位最莊麗、最完美的王后！

終了，王子要出遊的這一天到了。他早上打發走了所有最後餘下的自他父王那裏派來服侍他的人。他私下預備好了步驟，自己把宮堡內外一間一間屋子，一層一層院落，所有廳堂、甬道、禁門都封鎖好；又將一把一把的鑰匙藏在每進院門外一個妥善的地方。

最後，到了城口，他從馬廄裏牽出他早就預備好的一匹馬來，他輕簡的行囊早已在鞍後拴好。

他從馬廄的牆上取下掛著的一把大鑰匙，這鑰匙是用來鎖宮堡圍城的城門的。王子把一切出行的準備都嚴肅地當作自己的職責，一切也都做得十分周到。這時自己仍不免感到一點孤零，一點寂寞。

「不能再多想了！鎖上城門去罷！」他就牽了馬走出宮堡的圍城，自己走回來把兩扇沉重的大門推到一起，把門裏先上好大門槓，加上栓，再從一扇大門中的小門走出來，這才拿起鐵鑰匙把門鎖好。

「克察！」一聲，厚木門裏的機關就靈巧又牢固地鉤搭在一起，把宮堡保護起來了。

王子拿了這把大鑰匙，看了鑰匙柄上精美的鏤空的花樣，及鑰匙管端上的凹凸同管口，對了宮堡的城門暗暗祝禱：

「我今天把這城門鎖上了，我哪天帶了我完美的妻子回來時，才再開門進城來！

在這時間裏保佑我一路平安，早去早回；也保佑這城池嚴密、鞏固！」

他祝禱完，就帶了大鐵鑰匙上了馬，從橋上走過護城河來。

橋外的景象這幾天裏在忙碌未察覺中又已改變了不少。工匠們的臨時棚舍已剩得沒有幾家。這一片土場閑在那裏空蕩蕩地，靜寂得沒有一點聲息。他當初計畫的時候倒沒有想到這個局面。他只想到不要宮廷來為他主持甚麼送別儀式，也不要宮堡外還留有寄居的人口，祇自己輕悄悄地，一匹馬一直向山外天涯，從此長征。

他騎在馬上向剩下的這幾個住家看看，發現那老人的木房還在那裏，一縷炊煙正從房後裊裊升起。他想起最後向老人告別時，自己還不知要忙多少天才能起身。後來直到把侍應人陸續打發回父王的朝廷去的時候，老人的小孫女還來幫他清理些零碎小事。他在宮堡這裏、那裏，留下些小物事，書房臥室裏安放些小擺設，甚至在書桌上還預為自己同新婚妻子留下了歡迎的祝詞。這些事他都不許侍應的人插手，怕不縝密。所以多虧那小孫女跟隨了他在宮堡裏到處料理，才辦得完全合他心意。

現在，他獨自騎了馬，站在橋頭，回頭再望望城門和宮堡，覺得大事、小事竟沒有做錯或遺忘任何一件。他就把鑰匙拴在鞍上，拍馬往老人這木舍跑來。

聽見馬蹄聲，老人走出來倚在門前等著他。他跳下馬來，把韁繩拴在門環上，與老人寒暄，才覺出有好幾天沒有跟老人見面了。老人今天沒有說甚麼話，祇留他一起喫一餐簡單的晚飯，祝他一路平安，勸他不要等到天色太晚就上路，好早早出山，走上大道，趕到一個旅店去度他登程後的第一夜，說完就同小孫女把他送出門來。

王子聽了這話，忽然才感覺到自己已經是一個旅行者了。這時候才真想到旅行的兩個真伴侶：一個是時間，一個是里程。這兩個他在今日都還是不可知的陌生人！

王子臨上馬，忽然從心上湧起一股感激老人的心情，這祖孫二人是他在這空曠的原野上唯有的親人。

「我這次出去，也許半年，至多年半，一定就會回來。」他在馬上持了老人的手說：「請你們不要走罷！我把城門的鑰匙留給你，這麼大的一把鑰匙祇有在這裏有用，帶在身邊也太重。我留給你，也就請你替我守城門。」說著就從鞍上解下鑰匙。

「你就放心去罷，這個宮堡誰都知道要好好保護，沒有人會侵犯。鑰匙若是路上帶著不方便，留在這裏也好，我就把它掛在門上，人人看得見，專等你回來。」老人說著就從王子手中接過鑰匙來，又從馬鞍上解下拴鑰匙的革條，慢慢地在王子方才解開馬韁的門環上把這大鐵鑰匙拴緊。

王子心上有一種淒涼的啟示，一時也不明白，也就策馬走了。

王子出門後才三、四個月，他英賢的聲名已經傳得又快又遠。此後他到處受到熱烈誠懇的歡迎，也遇到了許許多多美麗淑慧的公主，她們愛慕他，又好像是為他所感動那樣，覺得他這在人世上創建一個天堂的使命十分重大，不敢也不願自私，就把她們風聞的遠處更好、更合格、更完美的公主告訴他。

公主們的父母也都體會這個心意，他祇有陪著含淚的女兒，給王子送行，送他們到更遠的地方去。國王有的贈他衣服、贈他禮物、贈他侍從，他都極盡禮貌地辭謝不受。走時仍是一匹馬，一個輕簡的行囊。

這樣半年、年半都早過去了。幾千里、幾萬里，也走過了。這時，他的行囊雖然仍是輕簡，已不是原來帶出來的。連馬匹都已由做地主的國王為他換了好幾匹了。

就這樣，年輕的王子已經變成了中年的風塵孤客。他已經看飽了繁華，也閱盡了山川。他在路上遇見甚麼人都推誠相待。他拜訪、結交公主們，也無限感激路上看見的在農田勞作的村女，同溪邊洗濯的姑娘。

就這樣，他就越走越遠，走到面貌怪異的國家，言語不通的地區。到處他都一點也不感陌生，祇覺得所有的地方都像是這同一個世界的不同色相。每一個女子，不論美醜、種族、年紀、性情、身世，都不過是一位老朋友在各種不同情境下，一時之身影。

就這樣，他就走得無影無蹤了。很多年，很多年，各地一直傳說有一位相貌高貴不凡的老人，騎了一匹馬，帶了一個輕簡的行囊，獨自旅行。

這一天在這原野上來了一匹削瘦的老馬，載了一位清癯、白髮的老人，鞍後拴著一個輕簡的行囊。從前通往宮堡的大道不但已長滿了草，並且也叢生著灌木同大樹不易尋了。他依稀在林間認出一個人行小徑，就由著老馬一步、一步慢慢找來，太陽還未下山，他到了一座小木屋前面。他忽然又是感懷，又是歡喜。宮堡不宮堡倒先不忙，他眼前浮起的影像是自己智慧的老師，同他那七歲的孫女。他想著、想著就慢慢下得馬來走到門前撫摸那懸在門環上的大鐵鑰匙。他覺得自己雖然已經過了七十，筋骨力量都已衰了，這鑰匙在手中反倒覺得輕了些。

「想必是日久風雨鏽蝕得減了分量。」他一面想，就一面解下它來。

屋裏有了走動的聲音。門開了，出來了一位枯瘦的老婦人，兩人見了面，他們慈祥的臉上只淡淡地浮起了一點愉快的笑容，就無言地一同向宮堡走去。

到了護城河畔，兩個人就彼此攙扶著過了橋，走到城門跟前。

老人方要用鑰匙開門。他忽然先捉住老婦人一隻手，邀她一同執著鑰匙，才兩人一起把鑰匙在鑰匙洞中插好。他然後又把鑰匙左右輕輕鬆動一下，知道一切都妥當不錯了，才用眼給老婦人示意。這時兩個人，四隻手，才同時用力，一齊旋動那鑰匙。

「克察！」那鏽蝕透了的鑰匙就斷在鑰匙洞裏了。

老人忽然覺悟了，就一隻手提了那半截鑰匙，另一隻手領了老婦人，慢慢地又從橋上走回來。

他們背後矗立在夕陽裏的宮堡就光輝得如同天堂一樣。

他們回到小木屋，他就又把鑰匙在門環上拴好。雖然祇剩了半截，這鑰匙卻像是一位功成退隱的大將那樣尊嚴、那樣快樂。

老婦人就幫助老人自馬上解下他的行囊，攙起他的手，一同走進這小木屋裏去了。

皮貌

自她手指尖、足尖，她的身子開始從這透明表皮鑽破出來。這美麗的一層外貌就像由無形的手給輕輕地揭去了那樣。

瞳孔表現出來的情感才是精魂的情感，而臉皮做的表情祇是一生經歷所累積的習慣。老法師自此就漸漸看穿了朋友的皮相，而直接與他們的精魂做朋友。

美貌

這個夜晚月色分外光明，照在村野，整個一帶地方到處都看得清清楚楚。近處的小溪裏看得見流水閃爍的波紋，石橋上看得見雕刻的圖案，遠處的大樹彷彿連枝葉都分辨得出來。不過樹底下就因為影子太黑，那裏就甚麼也看不見了。

大樹圍繞著一個村莊，村裏的房舍院落在白天都是土黃色的泥牆，這時反而顯得又白又亮。在晴空裏一輪明月照耀之下這些牆壁是一塊又一塊的長方形從樹影間映透過來，把立在前面的樹幹描畫得很清楚。四野靜謐極了，沒有行人，狗也不叫。

月亮照在村子裏，照進一個洞開的窗子，照在一個跪在窗前女兒的身上。

她的臉藏在一雙白細的手裏。她被月光引到窗前，可是現在她祇由月光瀉在她身上，而自己並不看著月亮。她跪著是因為她這樣祈禱了許久，現在已經哭得疲倦，要休息了，可是還沒有改她跪著的姿勢。

她哭著祈禱是為了甚麼呢？這麼美的一個女孩，又這麼年輕輕地？

她的身體，她的四肢，她的皮膚，看見的男人就沒有一個能不喜歡。男孩子們愛慕她，要找她一起玩，年輕的男子日夜想念她，要為她爭奪打鬥，老年的男人就會做出愚蠢的動作來引她笑。

這女孩子的美是甚麼也遮掩不了的。她從田裏工作回來，手上、腿上都是乾了的泥土，她那手臂，兩腿就更襯得細緻光潤，叫人遐想不知道洗淨了更要多好看。

她洗清潔了，穿了光鮮又村樸的布衣裳，別人又都希望能看見她穿考究的衣料，好像那樣才對得起她這樣特出的人品。她那平時赤著的一雙腳叫人愛看，可是穿上了鞋，就又叫人詫異哪裏來的、模樣這麼好看的鞋？

可是這個女孩心上總是不能快樂。她沒有人可以傾心說她心上的寂寞，因為無人能信她說的是真話。

她向這寂靜夜晚的月亮哭訴了一陣，可是她也沒能把自己為甚麼不快樂說清楚。這時，她已經睏乏了，思想、言語也都模糊了。她仰起那又美麗又哀愁的臉，看了月亮好像是問月亮，她為甚麼這麼不快樂？好像是求月亮反過來告訴她應該禱告甚麼，應該怎麼祈求。

然後，她好照著樣兒再祈禱！然後，月亮再照著她說的賞賜給她，她所求的！月亮滿滿地照在她的臉上，她這個夜夜出現在別人夢裏的臉上，她這自己時時在鏡子裏細細端詳的臉上，忽然她好像得了一個靈感，好像她自己說不明白的情緒，不用說就已經都明白了！她那所祈求的不可知的命運，也答允給她了。她這時才感出自己已經多麼疲倦，就慢慢回到床上去睡下。

她從來沒有這樣累過！她在村裏的賽會上可以唱歌、跳舞整夜不歇，她可以到樹林裏跟男朋友談話，嬉玩到天亮。每逢過年守歲她從來不睏，並且也帶得人人興致飛揚捨不得闔眼，可是現在她實在睏極了，不但休想睜開眼，就是想轉動身子，換個樣子躺著都沒有力氣。她混身筋骨都隱隱有些酸痛，一絲又一絲地，一震又一抖地，說不出來那樣難受。

她好像飄飄蕩蕩到了生死的邊沿，卻又一點也不驚慌。平時切身的關心的事，現在不但都不要緊了，連想它的心緒都沒有。那些父母跟許多別人都常說的誇獎的話，那些熱情男子心上時時在想，而見了她又不敢表示的念頭，那些在她走過後，投射在她背上的眼光！這些平時都是她每日不可少的心理食糧，缺了一天或是數量不太充分，都會令她感覺陰暗，現在好像也都可以撒手、放開，一任時光把他們漂流到不知名的地方去。

月亮從窗子照到她熟睡的臉上，這秀美的臉從來沒有這麼艷麗過。

夢裏她好像又受了甚麼旨意支使那樣，把被蓋、衣服都去掉了，都棄到地下。月光就照在她整個勻稱的少女的肢體上。這柔和的月光，比任何衣服、材料都更能配合她好看的身體。

就這樣，月亮就停在天上不動，一直用她的寒光浸潤這個女孩。女孩的皮膚，就慢慢開始吸收得透明了，又像冰雪，又像水晶。

月光仍不斷地灌注下來，女孩子的皮膚還繼續地吸收，這皮層下面，就漸漸看出離開她的身體了。

忽然，自她手指尖、足尖，她的身子開始從這透明表皮鑽破出來。這情形一開始，一切變化就來得很快。這美麗的一層外貌就像由無形的手給輕輕地揭去了那樣，先是手腳四肢，然後是身體，最後是她的面容。

在一剎那間，這個女孩的眉目、形狀一切依舊，可是那一種繚人情思，勾人魂魄，那些她不自覺，又無法自制的神情、體態，就都隨了那一層美麗的皮膚被揭去了。

月亮也不忍再多停留，就忙忙往西天沉落。從窗口逃走的月光，就匆匆搶路出去，順手也把揭下來的那美麗皮膚帶走了。

這一切在她入睡以後的幻化，這個女孩都不知道。這以後她心境平靜得多，飯量也增加了，說話也爽快些，笑起來不但聲音響亮些，嘴也張得大些。慢慢地，每次自田野工作回來，她的皮膚也為日光曬黑得多了。

男孩子還是喜歡找她玩，青年男子希望得到她做妻子，老年人要把她娶進門來做兒媳婦。

她的女朋友也多了，也有了心腹的知己。她說不出來，也記不清楚當初為甚麼不快樂，祇是覺得現在生活很幸福；白天日子過得好，晚上覺睡得香，而且許久不曾禱告了。在她回憶中，那一段常常在夜晚獨自哭泣的日子裏，自己好像有些甚麼特質，有些甚麼不知名的成分。現在這特質、這成分已經很渺茫了。

她還是常常在鏡子裏端詳自己。她每看見自己在鏡中的影子，就要想，不知道自己曾失去了些甚麼？她就仔細在鏡裏尋找，可是連蹤影都摸索不到。

不久，她就結婚了，嫁給一個誠實可靠的丈夫，有一個安謐的家。她已經不常想那曾經一度是自己的，後來不知怎麼又失去了的成分與特質了。

她鏡子裏的容貌還是很好，可是她在照鏡子的時候已經不再尋找甚麼。她祇匆匆察看一下她要看的都齊全不缺，把頭髮掠一下，就放下鏡子去忙家事。從前照鏡子時要問自己那些幸福不幸福、快樂不快樂的話，現在已許久忘記問了。

她的頭生是一個女兒。女兒出生以來她的生活又有了改變，她常常有機會靜靜地看守著女兒安睡。女兒睡的時候，她兩眼不離她身上、臉上。這時她的心智就又慢慢地舒展開來，像乾旱的植物又得到雨水，枝葉又伸出新芽一樣，她就又常常有幻想。因為有了幻想，眼睛也似乎更敏覺了。

這天夜裏月色特別皎潔。她睡裏聽見女兒啼哭，就披衣起來，忙過去抱她，要哄她再睡。可是小女兒偏不要睡，偏要同母親玩。她就「唔——呀！」「唔——哦」地反倒要逗母親笑呢！

月光更明亮了，母親知道這孩子一時不會再睡，就抱她到窗前坐下來一同看月亮。小女兒就仰著躺在母親懷裏伸手抓那傾瀉到她母女兩個身上的月光。

坐了一些時，浸潤在月色裏，忽然叫她彷彿記起了一件甚麼往事。她急急仰首仔細打量月亮，又趕忙回頭端詳查看懷裏的女兒。

女兒覺得母親很有趣，一定是在跟她玩，就喜歡地跟母親笑。月亮任情地照著她，她也任情地享受月亮的祝福，她那小臉就越看越好看，兩隻眼睛閃著快樂的光燄。

母親就用感激的眼光仰起臉來謝那月亮。她急急解開小女兒的睡衣，在懷中翻轉她那小身體好讓月亮浸個透。一邊翻，還一邊忙著用手在她臉上、身上，到處用力按，用力抹，好像要用這月亮恩賜的皮膚把女兒緊緊包住！

小女兒更覺得好玩了，她就「嘻——嘻」地笑出聲來。她也伸出小手，去摸母親的臉，也按，也抹，就把光輝又敷在母親臉上。

皮相

這天早上這位老法師起身晚了一點，來進香的施主都快到他這道觀山下了，他還在盥洗。

匆忙之中，他想快點把長髯後面及兩側的小鬍髭刮一刮，沒想到反把頸下右邊的皮劃了一個小橫口子。盥洗的事也只好草草算了，先要止住流血，免得不好見客。

這些施主們一來就是大半天。祭事已了，中午招待過齋飯之後，他們還遊興未盡；先看了正殿西北牆外的花園，又出了觀門去看前面的大魚池子。這時遊山是來不及了，有人就此回家，有人還要再回道觀書齋裏來擺兩盤棋。

老法師陪客的時候常常不自覺的用手摸頸下早上劃破的地方，他心上對這個傷口有一點感覺奇怪。他記得初劃破時，看見口子不小，以為要流不少血，不容易止住，可是後來並沒有流多少血，彷彿只是破口的皮膚一層徐徐地滲出了一點之外，開口的裏面並沒有血流出來，很與平時的傷口看起來不一樣。他一邊陪著客人說話、下棋，一邊想：等到客人走後再照照鏡子，看看傷口怎麼樣了？他覺得這個口子好像還是沒有長好，因為還像是開著的。可是他每次摸過以後看看手上又都沒有血。

施主客人們都下山回城去了之後，道觀院落裏就寂靜清幽極了。法師回到自己的齋舍裏第一樣事就是到鏡前仰起脖子來查看這個傷口。果然，那個口子還沒長口縫，可是中間一點血跡也沒有，若不細看，還真不容易發現那裏有傷。

他越看就越覺得這口子真是特別。他把頭歪過來，偏過去看；用手把皮膚捏著拉起來看，又側著身子藉了窗口這時夕陽射進來的光亮來看。正巧，狹長的一道日光剛好照到那個開口上。

襯了這強烈的光，這表皮就好像半透明一樣。他把皮膚在兩個指頭中間搓一搓，看見這個口子的兩頭好像還有未裂開可是已經有了痕跡的細紋。這個紋縫在這為日光映得透明的皮膚中看來像是一條細線。

他考慮了一下之後就決定把這個口子再扯開一點。他想：這傷口弄了半天也不痛，反正又不流血。若是弄大了，又痛又流血呢？那就趕快停，趕快上藥也不遲。

他一邊想，一邊手就早已捏起開口兩旁的皮膚開始撕了。他才一動手，那口子就已撕得有一寸多近兩寸長。他停下來往開口裏先看一看，沒看見有出血的意思。他也沒有覺到疼痛。這時，他的兩手又早已把開口撕得有三寸多長了。他藉了窗口的光亮看見打開的口子裏面是長得好好的一層皮，比外面這一層細嫩，也白些，更年輕得多！

他用手指伸進開口去探一探那裏面的年輕的皮膚，乾乾淨淨不像傷口裏面破出的肉；不痛，也不癢，知覺很清楚。

他就像縫衣婦拆舊衣服去洗那樣，一路尋著針線的縫，小心拆下去。他仔細認準了交叉的縫路，不敢撕破不該拆的地方，可是他手熟了，也就越拆越快。他偶爾用力錯了一點方向，他的皮膚馬上就感覺刺疼，可是這種情形很少。

沒有多少功夫，他已經拆得可以把臉皮從下巴底下，連鬍子一起，都掀起來了！

在揭起的臉皮底下，他看見了自己年輕十八、九歲時的臉。他那時的眼角上沒有魚尾紋路，眼下也沒有皮囊。明亮的兩眼又真摯又善良，而且是笑著的。

他呆了眼也不知道看了多少時候。忽然清醒過來，他趕緊把臉皮再蓋下來，又忙忙把鬍鬚理好，怕有人看見。但是他不捨得就不再看皮膚下面的年輕的臉，又不知怎樣才好，兩隻手就沿了皮縫，一路撫摸。

就這樣，他發現這皮縫原來是天生的可以拆開，又可以合上的。若是想叫它合口，祇要把兩邊的皮膚再拼在一起，就立刻又長上。但是他不放心，他就像是包餃子一樣，這樣捏、那樣捏、捏起一個肉皮崗子，然後又用手順一順、拉一拉、伸一伸，好叫皮膚平復。其實那時早已光滑得連痕跡都沒有了，一定要有他這樣經驗，還要襯了強光，才可以再找出拆縫的路線來。

這樣，老法師的膽子就更大了。他迅速地又一路拆起來，這次他把整個一個頭都像脫斗篷的帽子一樣，從前往後揭到背上。他的頭髮連著頭皮還在手中抓著沒有放下，鏡裏的那個年輕人，那笑容，那一頭年輕豐盛的頭髮，就開始動，就慢慢自這老年的皮殼中升起，像是脫衣服一樣，不久就完全跳出來站在鏡子裏自己身影的旁邊。那舉動之自然、手腳之敏捷，就像常常如此穿皮殼、脫皮殼一樣。

這時門外好像有人走動，老法師忙忙把自己的頭皮重新拉回原狀，來不及照管那自皮下走出來，現在站在一旁的年輕時的自己。他正忙亂著，一個小徒弟已經走進屋來站在他身後。小徒弟是來請他去用晚飯的，他看見老師好像正在梳頭，就站在身後等著。

法師口中慣常地回答著，可是他心上有些驚慌，不知道這一幕怪異的情景被小徒弟看了去會有甚麼後果。他看著鏡子裏面的小徒弟似乎一點詫異的樣子也沒有，祇是恭敬地站在他身後侍候著。

這時他才看出來，小徒弟與那赤身自他皮殼脫出來的年輕人好像站在差不多同一方位：年輕人離自己近些，小徒弟離自己遠些。他趕忙回過頭來看，祇看見有小徒弟，屋裏卻沒有那年輕時的自己。

他失望起來，以為一切都是虛幻，就又向鏡子裏面看。鏡子裏，好好地，清清楚楚地，是三個人影，他自己在中央，後面右邊一點，是自己年輕的影子，再後面立著他的徒弟，臉上平平靜靜無一點事。

他這時才明白，他出了皮殼的精魂是肉眼看不見的。他自己也需要有鏡子的幫助才能看見，可是他的徒弟則連鏡中的影子也看不見。

就在他這樣驚異噤聲之中，那精魂的影子慢慢地變得很稀薄、很輕淡，像是一縷輕煙，自他頸下那個劃開的傷口又進入他的皮殼。等到他完全又回到自己身體裏之後，老法師仔細在鏡子裏查看，就看出來方才他那盲然麻木的眼光此刻就又有神了。

他不覺又用手去摸那傷口，那裏的皮仍是沒有長好，可是其餘的皮縫卻在他忙亂的時候早已都又平復了。

他又不自覺地去捏那傷口，像是包餃子那樣。偏偏這傷口是唯一捏不到一處的一塊皮。他想：「就真像是衣服舊了，有的地方皺紋，熨也熨不平貼，有的地方針線又開了！」

他想著就轉身走出屋來，到齋堂去用晚飯。

自從他有了這經歷以後，老法師就常常思索這件事，又時時用心來觀察、來感覺。

他想這精魂必是早就常常出入，而自己不知道！難怪自己有時心智恍惚，有時眼睛無神！

難怪這個傷口不流血，也不長好。刀傷自會長好，這不是傷，是個走動多了，擴大了的門，偏偏被他的刮鬍刀子給劃開了。

老法師有了這些想法後，就依了這裏面的道理去觀察別人，他在所有人的身上同眼睛中尋找。他特別注意老年人的眼睛同皮膚，那些沒有精神，沒有表情，又已經昏矇了的眼睛自然不消看，要看那從已經乾老的臉皮後射出真摯情感的眼睛。眼白上的紅色血絲與黃色脂肪都不相干，要看的祇是兩個瞳孔。

這個瞳孔裏面表現出來的情感才是那精魂的情感，而那臉皮所做出來的表情祇是這老人一生經歷所累積的習慣。精魂是原來有的，習慣是學會的。

老法師自此就漸漸看穿了所交往的朋友的皮相，而直接與他們的精魂做朋友。他又漸漸能察覺自己精魂的去去、來來，慢慢地不用鏡子也可以依稀看見那出了皮殼的自己了。

老法師又漸漸看得出哪些人的精魂將來會出殼，哪些還不能。這一點最重要的是在精魂同皮相的距離。快要脫離皮殼的那種，他的眼光表情就與臉皮表情有先後：眼睛先說話，嘴後開口；眼睛先笑，臉皮被帶動著才笑起來。

他發現精魂看去好像還有不同的年紀，有的人很老，而他身體裏住著的精魂還是嬰兒一樣，那兩隻眼睛仍是天真的。

老法師又常常在老人們的頸子下面找精魂出入的門徑，這個他卻一直找不到。他就又到年輕人、小孩、男人、女人身上找，也都找不著，他不但因此體會到人的皮膚有這許多縫，何處不能開個小口，不一定都在頸下；也體會到能夠自知有精魂出入的人一定很少。

慢慢地老法師越來越衰老了，他仍未找到與自己有相同的經驗的人可以相談，可以印證，他也就無心再尋找了，祇把這祕密藏在自己心裏。慢慢地他也不多見客了；就是見客，若是心上疲倦，或是覺得所談的話題對他的修行無補，他就不動聲色由精魂走出皮殼，去四外雲遊，只留了身軀陪客。

他的年紀越增長，那精魂的神態也就越逼真。漸漸他有時竟分不出來自己是留在軀殼裏，還是與精魂合在一起，遨遊於六合之內，還是出入於六合之外！

老法師晚年就經常不出他書齋的門，除了服侍他的幾個貼身的徒弟以外，沒有人能見他。徒弟們看見老師有精神有興致，才敢同老師說話。若是看見老師入定了，就不敢驚動。老師入定有時就好幾天都一動也不動，徒弟們就早晚撤換那清淡的齋飯，為了老師醒來好喫用，否則就撤下來自己喫了，下次飯時再換新做的。這樣他們奉上的齋飯竟如上供一樣。

老法師清醒，不入定的時候，還喜歡下棋。徒弟們也看不見屋裏有甚麼客人陪老師下棋，也不見有客人來去，不過每次進去看望老師都可以看見圍棋盤上又下了新子了。

終了，有一天徒弟們看見老法師倒在地上，斷了氣。這時他們所不能明白的是那老法師已經完全與他的精魂合而為一，已經整個脫離了他的皮相。他們祇知道老法師是死了，心也不跳了，氣息也沒有了，瞳仁也散了光，他們就為老法師料理喪事。

老法師自己就一直站在一邊看他的徒弟們把他的皮相裝殮了，才從此雲遊去了。

鷂鷹

鷹師不主張羈絆鷹，他們要訓練鷂鷹自己知道甚麼是為她好，甚麼是有害，與鷹建立良好的關係。在這鷂鷹的身心下功夫、同情愛，把所有的可能，及所有的風險都預先想周全了。無論後果如何，成功還是失敗，他都替鷂鷹安排了妥善的前途。

「君不行兮夷猶！」

——《楚辭・九歌》

市集要到天明才慢慢開始，可是來趕集做交易的人有的在前一天就先來了。這些多半是做糧食生意的，他們的負物既沉重，體積也占得大。早早來到市集上占一塊好的地方，把包紮好的一筐又一筐，一口袋又一口袋的豆、米、雜糧陳列起來，天明後祇要揭開筐蓋，解開拴了袋口的繩索就好做生意。米糧商人多半有自己的棚址，就是景況差一點的，生意做得小一點的，也多有固定的攤地。這地點若是自己到時候不來，就會被別人借用。

做市集喫食生意的人也來得早，頭一天就先砌灶，排下桌凳。晚上安歇以前還要把該洗的菜洗了，該切的切了，然後將刀板鍋盆洗淨，再把水罐裝滿，才打開舖蓋去桌上睡覺。他們一夜總要起來幾次，趕走覓食的野狗，所以不等天亮，就不耐煩再睡，就摸索著起身去生火、燒水、準備賣座。

這時候趕豬、趕羊的就陸續來了。挑了編製的竹籃、筐子、簸箕、掃帚的也來了，他們還帶著竹子，跟大捆已經劈好的竹篾，好在生意清淡的時候當場編製，既可以利用空閒時間，又顯得勤快熱鬧。

挑了雞鴨籠子的，跟推了木車來賣布疋、針線的，都是天亮以後才從四鄉或附近城鎮來。那時候買主也都到了；大人、孩子、婦女們，慢慢把市集擠滿。有人儘早來了卻不忙著做生意，先去喫食攤上喝點熱茶，叫幾樣點心，慢慢地食用，好一邊進早點，一邊打探市價、行情。

快近中午的時候，攤上的客人則多是真正饑餓了的趕集的人，忙忙抽空吃一餐飽飯。他們搶著坐下、喫完，付錢就走。帶著孩子的人就自己一邊快喫，一邊催促著孩子不要貪玩，貪看熱鬧，不專心喫飯。

這時市集上也確實熱鬧多了，戲臺上已傳來鑼鼓聲音，閑遊的兵士們也這裏一羣，那裏一羣，在攤販中間穿來穿去，隨手翻撿攤上貨色，又彼此打鬧。

他們有時假裝偷了攤子上陳列的東西，然後自己一羣裏又有人出來告發，並且把贓物搜出來歸還原主。大家就又笑又鬧。有時他們又乘亂真偷東西。

中午時光，就在兵士們來到市集上的時候，賣鴿鷹的販子，也就來了。他們聚集在市場的一頭，戲臺的背面以外。在那裏有片空場，他們就在空場與市集之間兜攬生意。蒙了頭盔的鴿鷹，每每在市集上笑鬧的聲音大的時候就偏了頭來聽，似乎要把市集上的動靜都要查聽明白。

可憐，這些鴿鷹！他們頭也蒙著，腿也拴著，除了這樣偏頭，那樣偏頭，專心專意來聽以外，沒有別的可做！

他們也就這樣忍受著。他們知道腿上的鍊子是自己解不開的，頭上的盔帽也是抓不下來的。不過他們憑了本性，還是警覺地諦聽市集上的一切；買賣、講價、爭吵、打鬧，及戲臺上的鑼鼓。每次鑼鼓聲一起來，遠處別的市聲就都被遮掩下去了。

開臺的鑼鼓打了幾通，把看戲的人聚集在臺前，也就歇止下來。臺後空場的邊沿上，鷂鷹的交易就在這安靜下來的情況裏開始了。這時，那些穿了官佐的制服，騎了鞍轡顯耀的馬匹，自宮廷來的馴鷹侍尉們才三三五五來到市集上。他們每次都來，來了就看看挑挑，不一定採購。有時也帶了自己為宮廷馴養的獵鷹來炫耀、來比賽。他們也不是個個都喜愛自己訓練的鷂鷹，有時比賽輸了羞怒起來，還會猛力扯鷹腿上的鏈環來責罰那失敗了的鳥。更無恥的是會把鄉人拿來賣的得勝的鷂鷹奪來憤憤地擲到地上摔死，摔殘廢了，為自己不爭氣的笨鳥出氣。

可是鷂鷹若為他們選購了去，他們出的價錢總比平民買主出得高。

站在這鷹市圈外有一個衣服樸素的年輕人。他有時故意背過身子去往市集那邊張望，好像是對那邊的買賣或是戲臺有興趣，有時也還真走回市集去吃點東西，看看貨攤上的物品。但是他總是走開不久，就又回來；回來了就不停地，一隻、一隻，遠遠地用眼來打量這些出賣的幼鷹。

他臉上雖然不露出對那些宮廷出來的官佐厭惡的表情，可是每每在他們對鷂鷹舉動粗魯的時候，他便不忍看、不忍聽。也因此他不免時時要去市集上走走，怕這邊軍人們看出他心上的忿慨，會對他為難。他不走近去看鷹也是因為不願接近那些馴鷹侍尉。看他那一份神情，他必是一位馴練鷂鷹的名手。他怕走近了不免與這些愛誇張的軍人官佐搭上了言語，甚至被他們激起爭論。因為看他的眼色，他是很不以這些馴鷹的官佐為然的。

在他的眼中，他第一不看那些馴鷹的大小軍官，第二不看他們帶來的鷹。可是這兩樣因為服色鮮明，纓絡華貴，偏偏是市集上來人最愛看的。這年輕人祇是一隻又一隻地審視農夫們架上標賣的幼鳥。這些不到一年的鷂鷹，身量也未長成，羽毛更未豐滿，帶著的也祇是自家手工做的皮盔，沒有鈴、沒有立在頂上的彩色羽毛，沒有花穗。皮盔同腿鏈都是隨手為了上市才給戴上的，有的連大小尺寸都不合適，更不用提皮子的刻花、彩繪、跟裝飾的銅釘，與出風的獸毛了。

就這樣，這年輕人在鷹市附近逡巡了大半天，直到天色傍晚。

那些軍人慢慢的都回到宮城裏去了。有幾個還在鷹市上閑談的，也已經都不再看鷹了。正在一個鄉裏來的賣鷹的人要收拾架子回家的時候，這個年輕人就悄悄地一直向他走去。他對市場上所有別的鵮鷹連看都不用再看，他一直走到這架子上一隻才將有一尺高的淺褐斑毛的鵮鷹前再細看看。

賣鷹的人瞥了他一眼，正要回過頭再去收拾他的東西好回家，眼光正好跟這個年輕人那極端懂事、在行的眼光碰在一起。賣鷹人就放下手邊要做的事，走了過來。他方才向這裏瞥一眼的時候，已經看見了這個買主要打量的是這一隻羽毛長得沒有甚麼好，肢體也不甚健全的幼鷹。這隻不是他上樹去鷹巢裏偷來養大的，這隻是最近在林子裏一株大樹下撿來的。他覺得有點霉氣，單單這隻不值錢的有人來看。

幼鷹在不會飛以前，羽毛翅膀正在成長的時候，那些太活潑、又不知輕重的小鷹就有的會跌到巢外，跌到地上飛不回去。這樣落在巢外的鳥十隻裏有七、八隻要跌傷。傷與不傷少有能活過兩三天不餓死或是不被地上的野獸獵食了的。饑餓的時間久了，鵮鷹羽毛的發育就受影響，一生都有斑紋。胸前的羽毛有的不能長成就折斷了，留下一波又一波的不齊的毛。換毛的季節，這些毛脫了之後，長的新毛也是照樣容易折斷。

「你要是看中了這一隻，」那個農夫就對這年輕人說：「價錢可以便宜。」他本來對這一樁生意沒有多熱心，因為這一隻是他架上最低價的，可是他想早早回家，就希望早早成交。

平常探看生人的鷹，或是初入手訓練自己的新鷹，都不可以用手撫摸，要用一根羽毛來輕輕地刷。等到馴熟了才可以摸。可是這年輕人祇無言地用眼看了賣主，彷彿是說：「我摸摸這鷹，可以嗎？」同時也不等回答，就輕輕把一隻手放在鷹的肩背上。賣鷹人好像是為一種從他眼光射出來的潛力所震懾，沒有反對。等到他看見那幼鷹很馴伏，一點也沒有驚，他也就不說甚麼了。

馴鷹的人每天要花好幾個鐘頭在手上架了鷹，帶著到處散步。手上的皮手套都是厚牛革精工製成，又巧妙的裝飾了各種花式。他們這樣架著鷹，一邊走，一邊用甜蜜的話哄著、說著，一邊用羽毛輕輕地刷，來和鷹做朋友。許許多多的鷹就這樣被馴養成功，為主人驅使了。

雌鷹比雄鷹強壯些，飛得快，擊得猛。在空中看見了要獵取的鳥，她就俯衝下來，翅膀先大力扇幾下，加大速度，然後連尾巴都縮成最小，祇作那必須的小動作來改正俯衝路線，追逐獵物，快接近目標了，她就伸直兩爪，爪趾都是拳著，趾骨硬得跟鐵一樣，對準了，只消一擊，就把空中飛鳥擊昏，甚至擊死，飄飄搖搖，自天上墜下。她就一個翻身直落下來，追上那鳥在半空中把它攫住。這時她的爪尖就曲蜷著刺進那鳥的溫暖的胸腹，她做這些動作時頭頸可以整個周轉，無論她飛行的是甚麼方向，她要看任何另外一個方向都可以。天上、地下，沒有能逃過去她的眼的。

這隻幼鷹正是一隻雌鷹。她的羽毛也不光澤，餓紋也很明顯，但是筋骨似乎沒有殘傷。這年輕人更大膽地擅自把她頭上的皮盔輕輕取掉，他為了要把整個心力專注在與鷹結交上，所以都不分神用眼去徵求賣主的同意。

頭盔取掉後，這鷹祇舒適地轉動幾下她的頭，一點也沒有感覺意外。她的頭這樣動了幾下之後，頸下的毛也平順了些。她又扭著，偏著頭向四周察看，她那靈活的頭就好看極了。

她那清明的眼睛就聰明極了。

這年輕人就同這隻鷂鷹對看了許久。

賣鷹的農夫從來沒有見過這麼沉默的馴鷹的人。平常的都是一上來就這個那個說個不停。他不知道這個年輕人是用他的心來跟鷹說話，他也不知道這幼鷹已經開始接受這年輕人的教導。他還一直絮絮叨叨地在一邊幫腔。他說了些什麼，那鷹同年輕人都沒有注意。

忽然，那邊一羣閑談的軍官裏似乎有人注意到這裏有交易了。年輕人自眼角裏看見，馬上起了警戒的心理。這心理傳給了鴿鷹，她也轉過頭去望。他就急急使她也鎮定下來，然後不動聲色，向那農夫問了價錢，照數付了給他，自己就戴上帶來的手套，把新買的鷹架帶在腕上，再給她把皮盔蒙在頭上，就蹓進市集的人羣中，走了。

年輕人帶了新買的鴿鷹一直從市集這頭穿到那頭。在一個店家那裏取了他來時預存的馬，謝了店主，就騎馬上路。

年輕人左腕上架著鷹，右手拉著韁繩催著馬疾馳了大半夜才到家。那鴿鷹在這大半夜裏，祇憑了她尖銳的爪子緊緊抓住她主人的皮腕，由他帶著趕了這許多里的夜路。她頸毛為寒風不斷吹翻起來，耳邊祇聽見急驟的馬蹄聲。她心上很愛這個新主人，她把他抓得緊緊地。

到了家裏，他就把她移在院子裏他自己睡房外簷下的架子上。鷂鷹還是帶著盔，可是就已經知道到了她的新家了。靜靜的天未明的時光，庭院裏一片沉寂，她心上又深深地愛上了這個新家。

第二天早上，她的主人還沒有起來，鷂鷹就已經把她的新環境都聽熟了。這裏比那農夫的倉房乾淨得多。青磚砌的牆壁所折回來的聲響要比自土牆反射回來的清脆。這裏夜間也沒有老鼠奔跑的鬧音。天明後，小鳥在空中飛，在枝上跳，就同他們鳴叫的聲音一齊傳來。庭中魚池子裏的魚，偶爾衝出水面，掉一下尾，把水撥得「劈辣！」一聲響，也會叫她立刻把注意力移到這個方向去。

鷂鷹是白天遊獵，夜晚蟄息的。可是她太興奮了，隨了主人行了半夜路，疲乏之中，還是睡一忽就醒，再睡睡，又醒。等到主人來揭她的頭盔了，她又早在十步開外，就已經知道走來的是她的主人。她就把頭擺平，靜靜地等主人摘去她的盔。鷂鷹的盔摘去了，她的清明的眼睛就不離她的主人身上。

這隻鷂鷹還不到受訓練的歲數。馴鷹的人都要在每年初夏，舊羽毛脫落，新羽毛長出來時，在羽毛朝下的一面察看它生長的情形同顏色。要看新羽毛的翮骨已經不是灰藍色而是半透明的白顏色了，那翅膀才堅固有力量，才能開始訓練。在這以前，普通的馴鷹人除了飼養這些幼鷹，等他們羽毛、肢體發育之外，並不在他們身上花甚麼時光。尤其是養鷹多的地方，滿架的幼鷹除了喫之外，沒事可做。

這天早上，年輕人把這幼鷹自簷前架上取下來以後，就把她架在腕上，帶著她這裏那裏去搬椅子，拿東西準備做事。她就由主人帶著到處看，又看著主人。年輕人也時時看著她，好像是說：「你看這裏好不好？」或是：「這塊皮子給你做頭盔你喜歡不喜歡？」這鷂鷹不但樣樣喜歡，她也喜歡他今天戴的這隻精緻的皮手套，與昨天戴的又不一樣。

就這樣，年輕人把一個輕便好看的硬木鷹架子放在堂前明亮的地方，又搬一把椅子為自己坐，又移來一個小几子，在上面放了做頭盔的材料，針線、剪刀、錐子、油蠟。鷂鷹就樣樣都看在眼裏，好像她自己也參加這件好玩的工作似的，很用心地，樣樣都不放過。

一切都預備好了，年輕人才把鷂鷹放到架上，說：「我要做事了，兩隻手都要忙。你在這兒一塊兒看著。」就把她的腳鏈從皮手套上移到這個輕便的鷹架上。

年輕人就坐下來，一件一件為這鷂鷹做新裝配。他先給她做腳管上的套子，她那幼小的腿上都已經為那厚皮套子磨得發光，快要破了。那套子上帶著的是鐵鍊子，太重，也不應該用到這幼鷹身上，可是這是一般養鷹人常做的事。這個年輕人先選了一塊軟皮，在手裏搓了幾下，覺得既柔和也堅韌，就用來為她縫腳管套子。然後看了她半晌，好像是說：「你恐怕自己都不知道你是多麼好的一隻幼鷹！我給你用絲絛來換下你的鐵鍊子。」他說著就開始做。

這種用上等好絲編成辮子，然後再把絲辮子合股織成滾圓的絲絡，用來繫幼鷹的腳是這年輕人家傳的祕法。這種絲絛因為編得緊，比那粗過四、五倍的苧蔴繩還要結實，可是輕巧得多，也柔軟得多。

這一派的鷹師不主張羈絆他們的鷹，他們要訓練鷂鷹自己知道甚麼是為她好，甚麼是有害。像這樣大小的幼鷹若是不拴住，自己飛跑了，不被野獸或是家貓喫掉也要餓死。但是若不能讓她接受繫她的鐵鍊，她就難免不去咬那鍊子。這樣她就會把那還沒有長好的嘴邊角質啄出豁口。

他們主張教導他們的鷹接受這絲絛的約束。不但不想去啄它，甚至都不想它，不知覺她腿上有它繫著。

有的鷹就是接受了這絲絛還是要去啄、去解。這樣她也要解些時才能啄斷。這種絲絛的好處是不等它斷，就已鬆粗大了幾倍。主人看見了就給她換一種裏面編進細銀絲的。凡是可以教養的好鷹就不再咬這種絲絛了。

年輕人給這鵮鷹換了新腳套之後，才一會兒，就看見她不再那樣時時抬起那一條繫了鍊子的腿，在半空踢幾下了。

他臉上雖然沒有露出得意的笑容來，他的心上已是充滿了對這幼鷹的憐愛，覺得自己沒有選錯，也覺得這幼鷹值得他這麼用心。他就又去挑皮子，剪頭盔。

做頭盔的手藝比做腳套要精細得多。頭盔用的皮革要稍微硬一點才好不走樣，這樣才能在裏面給鷹頭空隙，不壓她的臉。大小又一定要將將合適，不太緊，也不能隨便甩脫掉。他就仔細地比好了大小，就開始剪、開始縫。鑽針孔、穿線，給線上打蠟，一針、一針地做，又同鵮鷹閑談。

他告訴這鵮鷹許多做鷹的道理，他剛說幾句，自己就笑了。可是他又莊重地仔細說。他解釋給鷂鷹聽，他自己是人，可是比鷂鷹還要懂做鷹的道理。比方說她才是一隻羽毛未長全的幼鷹，將來怎樣受訓練，怎樣學捕鳥、攫兔，怎樣在飛行或俯衝時保護自己，怎樣避免衝擊到地上。或是追逐地面的走獸時不小心撞到樹上。這些事她現在都不知道，可是他是一位鷹師，他都知道，而且他祖上世代都是鷹師，都知道得比別的流派的馴鷹人多得多，也深奧得多。

他又告訴她說，有的事她現在聽了也不能懂，更有的她將來永遠也不會懂。不過祇要她記著他是一位鷹師要聽他的教導，她就會學成一隻出色的鷂鷹。至於為甚麼有的事她永遠不會懂，那是因為她是一隻鷂鷹，而不是一位鷹師的緣故。同時這個問題本身就是她永不能懂的問題中的一個。

他訓練她，並不是因為他想捉鳥或捕兔。他也不想把她訓練好、轉賣給別人去用她捉鳥、捕兔。他是要教她知道怎樣竭盡她的天賦，並且做一個最有靈性的鷂鷹。

他看得出她有這種天賦，可能教成最好的鷂鷹，才要盡他的本領來教她。

至於捉鳥、捕兔，那都是鷂鷹本分自然的事。她既是鷂鷹，她自然要做。他就要教她怎樣才可算做到盡善盡美。

他們師徒兩個一邊說著，年輕的鷹師的手就一邊縫著頭盔。這鶺鷹愛看他那文雅又靈巧的雙手，愛看他那做針線的動作。不久，他把頭盔大致縫好了，給她戴上試試，然後說：「快過冬了，讓我給你的盔再加上點保暖的毛。」

他就在頭盔的邊緣上加了一圈白兔毛的出風。做好了，用手指尖拿著放在鶺鷹的面前，那個又聰明、又興奮的鶺鷹就偏了頭，看一看，不等主人給戴上，自己就鑽進去了。

年輕的鷹師就把做活的東西都收拾清楚，然後自己走進屋裏在他父親的靈位前默默祝禱。

「父親，」他默禱一刻之後，出聲說：「我希望這隻鷹有一天可以達到咱們的理想。我一定盡心來訓練她。求您指導我、保佑我！同時我也自知小心，請您放心！」祝禱完了，他還站在那裏，許久，許久，才去為他的鶺鷹準備進他家門來後第一餐的飼料。

這鶺鷹在長大的過程中，全心所想，及整日生活所維繫的都是這年輕鷹師的一切：他的面容，他的聲音，及撫摸她的那一雙手。初來時，她還常常想起當初在農夫倉舍時的日子。她想：「不知道那天自市集上又為那農夫帶回去的那些鷂鷹們現在都怎樣了？」可是不久以後，因為她的環境裏沒有別的鷂鷹，她自己就是唯一的鷂鷹，也就不再想念從前農舍的夥伴了。

冬天快到了，簷下過夜已經有點太冷，年輕的鷹師就等到下了三次雪以後，再有寒天，就把她收到自己屋裏過夜。冬季裏天氣有時晴暖一二日，那就仍放她回到外邊架上一兩晚。

雪化了之後，春草又生滿了原野，鷂鷹就好像從她翅骨裏得到一種啟示，覺得野草裏已經有新生的小兔在奔跑了。她站在架上就會「忽—忽」地猛扇幾下翅膀，這翅膀所生的風力是她前此未有的。這時她已開始脫毛了。

這些時光裏，年輕的鷹師幾乎片刻都不離開她。若是她扇翅扇得太猛了，從架子上掉了下來，為絲縧懸在那裏，他就輕輕幫她找辦法再爬回去，他就讓她定一定神，才把她頭盔揭開，伴她說說話，還摸摸她。這樣，有一天，他翻起她的羽毛看時，就發現羽毛背面的翮骨已是灰白的了。

普通馴鷹的人都是狠狠地把幼鷹先餓個半死才用食物來誘致他們接受訓練。這是因為在此以前，除了餵養他們之外，鷹與人之間沒有建立良好的關係。這個鷹師事事都與他的鶻鷹一同做，給她把頭盔去掉，絲絲解開，讓她飛著跟隨自己，鶻鷹也拿他的事當自己的事一樣認真，樣樣注意。他從來不隨便餵她一塊廚房裏剩下的生雞肉，她也從來不想廚房裏的食物是給她喫的。鷹師總是在鷹架前桌子上加一個小方木凳，然後在這上面為他的鶻鷹預備飼料，鶻鷹就在一邊看著。他有時給她雞肉吃，有時給她兔肝吃；冬天的時候給她加倍的分量，並且多給她煮老了的蛋黃同軟骨吃。

這樣，無論眼前有多少食物，無論她饑餓與否，他若是不餵她，就是她沒戴頭盔，也沒有繫在架子上，她也絕想不到飛去偷喫。

這鶻鷹還沒有正式受狩獵的訓練就已經先修養成一隻尊貴有身分的鳥了。

她的鷹師第一次教她從架上飛到手上來接食的時候，她不但沒有先受饑，而且是剛剛喫了她正規的飼料。但是她看見鷹師先從架上把她解開，再手裏拿了給她預備的食物走到二、三十步以外去招她，她馬上明白是甚麼意思。她心上都沒有計算這飛行路線應該怎麼樣，她那正在發育的翅膀已經拍了幾下兩足又向上一縱，把自己身子自架上升起，「刷——」地一下飛掃過去從鷹師手裏輕輕抓過一塊鴿子肉又回到架上了！連鷹師的手指尖都沒有碰到！

她飛過來又翻回去的時候兩翼拍起的風很猛，翼尖也掃得離鷹師的眼睛很近。可是鷹師並不看她的翅膀，也不看她的頭，祇是不瞬目地看她的兩爪。她那靈巧、敏捷，又準確的動作，就都為他看在眼裏。他就常常如此餵她。

這以後鷹師就又讓她看著為她準備假鳥。他自屋內取出一盒軟木做的假鳥胸腹，大小輕重都不一樣。若不知道這是做甚麼用的，一定以為是一些圓木棒子，一頭尖些，一頭圓些。因為看著一點也不像鳥，沒有翅膀，沒有腳爪，連頭都沒有。鷹師一連取了幾個在手裏掂掂重量，挑了一個小的。他把別的先收起來，把這個放在準備鷹食的木凳上。他把一大塊雞胸脯肉連皮用刀切了下來，整個把這軟木鳥包住，又用線縫上幾針。縫好了，先給在架上的一直守著的鴿鷹看一看。這鴿鷹早都看明白了，早已等不及了。

這時，鷹師就把她的絲繩解開，自己拿了做好的假鳥，在手上一掂又一掂地慢慢走到平時去的二、三十步開外。鴿鷹的眼就一直盯著那假鳥，也隨了鷹師的手在估計那假鳥的重量。等到鷹師已覺得她一切已準備好了向她招呼時，她就一下撲過來，攫去那假鳥又翻回架上。鷹師那從不一瞬的眼睛就專注在她飛回的路線上。他要看的是這新增的重量有沒有叫她在抓到假鳥以後自己失去高度，飛的路線降低。

鶺鷹一點也沒有降低。她的翅膀、身子、同尾巴一齊勻稱地把所有飛行的動作都調整好了。那來回的路線是盡善、盡美的。

這以後，鷹師就用不同的假鳥，有的在軟木裏還加上沉重的鉛心，來教她。他把假鳥拋在空中又接在手裏，鶺鷹就抬頭低頭地隨了那落下的速度來估計那假鳥的重量。這樣，鷹師就用拋鳥的方法來教她，她就在空中撲取她的食物。

這以後，庭院中的地方就不夠大了，鷹師也就不再為她添新功課，不過從此常常架了她出去馳馬。每次出門，總另外給她帶上出門的頭盔。他常常給她做新裝配，出門的盔也有好幾頂，有的上面有羽毛，有的有鈴。若是戴著有鈴的，他們就在一串鈴聲裏，穿林越野；若是戴的是沒有鈴的，他們就一同欣賞這靜寂的旅程。有時一出門就是大半天，他們就自心裏彼此交談，不用開口說話。

鶺鷹這時已經會「夷——猶！」一聲叫喚了，她這樣興至就發出的一聲尖銳的呼號，就叫林中的鳥、田野的小獸驚慌，尋地方隱蔽。鷹師就順了她蒙著的頭所注視的姿勢去看，就在天上看見飛鳥，在地上看見走獸。

鷹師在出門時從不為她除去頭盔，不願在秋末狩獵的季節讓她為野外的鳥獸引發她追逐的本性。她年紀還不夠。但是他要讓她先感覺出這天地之廣大，平野之遼闊，願意讓疾走所生的風，在她翻起的羽毛間呼嘯吹過。

鵪鷹就「夷——猶！」高聲叫著。

這鷹師在各種天氣情況下都故意帶了她的鵪鷹出去走馬。這個與平常養鷹人祇在好天氣才去郊外放鷹很不一樣；他們養鷹是娛樂自己，他是以人的智慧來導引鵪鷹發揮她的最高靈性。

蒙了頭盔，架在她主人的手腕上，這鵪鷹就這樣經歷了秋天的寒霜、冬天的風雪。她雖然看不見這些景致，但是她聽得出來馬蹄下霜草枯折的輕響，也覺得出深雪裏那艱難的馬步，馬慢了下來，她耳邊也就沒有風響了。

雪把馬蹄聲音深深埋在一片沉寂裏，鵪鷹的心就為想像所充滿。她想：地上這麼難走，馬為甚麼不飛？她可以飛，可以飛得高、飛得快、飛得遠。可是馬沒有翅膀！

她的主人也沒有翅膀，不過這一點她沒有想。在她心中，她的鷹師主人是萬能的，有沒有翅膀不要緊。如果他想飛，他就是沒有翅膀也可以飛；飛得比她還高，比她還快，比她還遠！但是鷹師怎麼會飛？這道理就是鶻鷹永遠不能了解的。

她可以盡性的日子終於到來了。暮春時候，她又開始脫換羽毛，這鷹師又把她調理了一冬天，把她調養得好，給她喫得豐盛，她的筋骨羽翼都出色地健壯。鉤形的嘴，卷曲的爪，也都發展得堅硬、銳利。

這天她正期待她的主人給她戴一頂出遊的頭盔時，她看見鷹師從屋裏又拿出一件新東西放在預備她食物的木凳上。

這是一隻雉雞的空皮，所有的羽毛都在，不過骨肉都取空了，而且已晾曬得透乾。她站在架上，看見鷹師按照這雉雞皮的大小切了一塊她常吃的家雞的肉。她就馬上興奮起來，腳爪把她架子的橫木一下又一下抓得緊緊地，一邊又去磨她的嘴。

這一步訓練一定要等鶻鷹發育完全，飛行技能都純熟了，才能開始。否則容易把她腳骨、甚至翅骨搏傷。這步訓練又一定要在空曠的地方才能施展。鷹師既已經把所有的步驟都策劃好了，這時就按規矩為他的鷂鷹上新功課。

他讓鷂鷹看著他取一塊有環的鉛塊在手裏。他慣常地把它向空中拋幾次，又都再接住。然後又幾次他故意不接，那鉛塊就又沉重、又堅硬的落在地上，「啪——」一地一聲響。鷹師這才把鉛塊填進雉雞皮裏，脊背骨架的地方。他把它牢牢地縛在骨架上，又從環子裏穿一根八、九尺長的細韌麻繩，穿出雉雞皮外，這一切都弄妥當了，他就把那塊雞肉填進去，把皮縫上。那根細繩就順著雉雞的尾毛出來。他拉在手裏試一試，覺得拴得很結實，就先放在一邊。這邊看著的鷂鷹覺得無一不新鮮，還在仔細看呢，她的主人又走進屋去拿甚麼東西去了。

他回來時，手上拿著的是她心愛的那頂有鈴的，出遊用的頭盔！

鷹師同他的愛鷹這天玩得好不開懷！

他把她帶到一個山谷中的大平原上。四望都沒有人家，草原中都沒有樹，祇在谷口有些叢林，林邊有一株極大、極老、可是枝葉茂盛的樹。他們騎馬到這樹下，鷹師把帶來的一包用具跟一條毛氈自馬鞍上解下來，就放馬自去喫草。這時他架好了鷹，架鷹的左手裏還提著預備好的雉雞，另一隻手則空閑著緩步自樹蔭下走出到草原上來。

他仔細把四野打量清楚，又仔細端詳他腕上的鷹。他這一陣沉默倒教這鷂鷹心上有些生疏的感覺。

他知道這是自他把這鷂鷹買來以後，第一次在郊外要為她除去頭盔。在此以前，她的環境祇有他家裏的庭院。雖然他經常帶她出來讓她習慣於這郊野的空氣及飛禽走獸的動靜，可是她的頭部是蒙著，腿都是拴著。她是與自己連在一起的。今天她就要在這曠野第一次自由翱翔了！

他自己還要盡心教導她奮力去飛！

他把自己鎮定好了之後，一邊自心裏向他的愛鷹傳達他的信心，一邊慢慢伸過那隻空著的右手，輕輕把鷂鷹的頭盔摘下來。

那盔鈴清脆地、微微地響了一聲，那鷂鷹也微微地震了一下。

這年輕的鷹師目不轉瞬地，靜靜的看著她。她這次卻不是看著她的主人，她看的是這一片大地。她定神把這新環境細細地看。她看盡了這山谷中的一切，看盡了環繞的遠山，更極目看到山外。

許久。許久。

這鷹師又祇若無其事那樣，把她腿上絲縧解開，心上摒除一切雜念，完全不想這鷂鷹也許就此一展翅就再不回來。

也不想她會飛了一陣，竟飛過了遠山，迷了路想回來也回不來。

更不想他手上有食物，可以給她喫，可以留住她。他自己並且避免看那左手提著的假雉雞。

他祇是盯著他的愛鷹看著，靜靜地等候著。

又是許久。

鷂鷹緩緩又把眼神轉移到這鷹師身上來了。可是她只看了他一眼，又越過他去看四外的新環境。不過這次看得很快，看看也就行了。然後，她再回過來看她的主人時她就深深地看著他的眼睛。

鷹師這才伸出那隻閑散著，可是又是準備著的右手，輕輕地，一下又一下撫摸她那快發育完全的全身。她也用力以身體來抵他的手。

他們就一同看這原野。

落日快啣山了，他們才上新功課。事實上，這新功課不過是拋鳥的老功課變變花樣。這天主要的新功課已經上完了，現在祇是做遊戲。

鷹師先把鵒鷹用手腕震動的力量把她送到空中，這種動作是她習慣的，平日在家裏，他要用雙手做事時，就會這樣把她送回架上去，有時她若是落在他肩上，那樣他就用一聳肩的信號讓她飛走。但是今天她覺得無處可飛！就又落在他肩上。他就急驟地聳肩，同時舉起戴了手套的手，她就又落在手上。

這時，鷹師就用右手拉住雉雞尾上的細繩，先準備好，左手猛力再把鵒鷹送到空中，然後又把那隻雉雞翻上來捉在手裏。鵒鷹有一點迷惘，不知道怎樣好。她落足的手上現在停著的是一隻假鳥！

假鳥忽然翻飛起來了，飛的樣子十分奇怪，是「忽——忽」地在主人頭上兜圈子，要飛又飛不走，尾巴後面的繩子捉在主人手裏。

鷹師就這樣在空中掄這雉雞，那鵒鷹就在上空盤旋。

忽然，她拍著雙翼，壓著原野的長草，平著迅速地向遠處飛去。飛了有一里路光景，她就鼓翅升高，再升高。在高空裏她慢慢地，翅膀尾巴祇微微地偶爾動一下，就這樣畫圈子。畫大圈子，畫小圈子。這是她生平第一次這樣飛，又已是飛得這麼好！

鷹師就一直在下面緩緩地掄舞著那隻假鳥。

忽然，這鶺鷹預備好了，她用力扇了兩下她的翅膀，然後把兩翼都夾在身旁，在空中急驟地俯衝下來，走著一條時時改正的曲線。

鷹師祇是均勻地掄著那假鳥。

鶺鷹拳著的雙足，「唰——」地從他頭上閃過，一擊就擊中，幾乎把那假鳥的繩子擊斷。這時她已經又滑到那一邊又在拍了翅膀，在升高了。

「若是活鳥，這一下早被你擊死了！」鷹師仰著首，望了她說：「再來！再來！」

話還沒有說完，她已經又下來了！

這次等她近了，鷹師忽然加快，把假雉雞掄得毛都翻飛起來。鶺鷹撲了一個空。這鷹師怕羞著了這隻尊貴又驕傲的鳥，就沒有說：「再來。」可是他的鶺鷹早已又回來了，這次那來頭真是兇狠得緊。

鷹師又把手上掄的速度加快，他也看見她的爪子又擊個空。可是正如他所期待的一樣，她刷下一隻翅膀，還是把那雉雞搏著了，搏得一震，才又閃到那邊去。

那雉雞雖然沒有被她搏脫了手，可是也被她打得在繩子那端滴溜溜地打旋轉。

這時那鷹師正在心上暗暗稱讚這隻幼鷹學甚麼都分外得快，沒想到她已搶先一步，用出一個新花招兒來！

她這次不再升高，祇是平著擦了地面鼓翼飛來，飛得十分急。

鷹師馬上明白這次不是衝搏而是要攫取了。緊急之下，不容他按原定步驟教練，他就忙忙用力一掄，然後把雉雞脫手拋向半空。

鷂鷹乘了疾飛的速度，用尾巴向上一翻，身子就開始升起來，然後在空中一個轉身，正把那雉雞接在那有力的一雙堅爪裏。

她得意極了，捉了那假鳥直飛上高空，一直升高得變成一個小黑點子在晴空裏。

「夷——猶！」一聲就從高空滴下來！

她就捉了那假雉　在天上畫大圈子，畫小圈子。

隱隱約約地，鷹師可以望見她爪子裏緊緊擒住的假雉雞同它尾後無力地垂著的一條黑線。

鵪鷹喜歡這個遊戲，更喜歡在遊戲裏得勝。這個遊戲既是同她的主人做的，她得勝之後，第一要緊的事就是回到主人身邊來。

她慢慢一圈又一圈地往下滑，她的身影慢慢變大。她又慢慢回到主人頭上，她從他身子左邊，右邊，又正中一次又一次滑翔過來，又過去。好幾次低得那根繩子幾乎碰到鷹師的頭。

她有一點失望，因為鷹師沒有伸手去搶那繩子。

不管他搶不搶，她祇假裝他要搶，又偏要他搶不著！她就平著遠遠飛來，快到他身邊了，又像有那麼一回事那樣，拍著翅膀，又升上那邊去了。

平常馴鷹的人都是教鷹兇殘，教他們的鷹爭奪、搶。捕了獵物彼此在空中搶，在地面又同獵狗搶，甚至同主人搶。

這個鷹師是不要他的鷹這樣下流的。他等她玩夠了，在她下一次轉身又來的時候，他自心裏發出信號，同時伸出那戴了皮手套的左手來。

鵪鷹一下子收不住，又已滑了過去，但是速度已經大減了。她在空中打了半個旋身，兩個翅膀撲扇著，爪子帶著雉雞，嘴也幫著忙，就落在鷹師腕上。

那時天色已快黑了。

這次以後，鷹師就不常常帶她出來，而且用假雉雞的練習也沒有再做。因為她已經完全學會，不再有興趣了。鷹師祖上所傳的教練方法這時已經差不多都已用完，祇剩教她喫活鳥、活兔、田鼠、蛇、青蛙的技術同規矩。

他知道這些技術上的事都不用再教她。這種事不但不用再教，恐怕還反要向她學，然後把教她以來新得的經驗寫入他的家傳方法裏。

這隻鶚鷹所需要學的不是技術，是道理。道理就難教得多了。鷹師在思索如何同他的鶚鷹講這道理的大義的時候，他就不給她上新功課。在家祇是由她在架上修養著，按時餵她好喫食，出遊總是帶著盔。祇有要她活動活動筋骨時，才帶她到那山谷的草原去。在那裏，他就放她去自己飛翔，每次總由她飛個盡興；他去大樹下休息，等著她。

這樣，他們師徒兩個就都有許多時候靜想。

該回家的時候到了，鷹師就從樹蔭下走出來，站在平原上。鶚鷹看見了，就滑駛過來，落在他腕上。他默默地順著她的羽毛，為她帶上盔，繫上絲絛，上馬慢慢回家。她就在主人手腕上半休息著養神。

夏天來了的時候，鷹師已經想定了他的打算。他既已在這鴿鷹的身心兩方面下了這麼多功夫、同情愛，他就從這個關係上為將來打算。他心上的疑問，也要從這個已經建立的關係上求解答。

他是個極其細心的年輕人，他把所有的可能，及所有的風險都預先想周全了。無論後果如何，成功還是失敗，他都替鴿鷹安排了妥善的前途。

這鴿鷹到此時還一直沒有自己獵取過食物，她所喫的都是主人給的。她自然不是不會打獵，不過從不曾把打獵與喫食連在一起。這也是這鷹師的家傳哲學：把打獵歸打獵，把喫食歸喫食，這樣，在打獵的時候無論是衝擊，或是攫取才能做得盡善、盡美。

因為這個緣故，在教練的時候，雖然每一階段都利用鴿鷹捕殺小禽、小獸的天性，來教她各種技能，卻不在她饑餓的時候來教。也因為這個緣故，覓食是最後一課。

這樣訓練出來的鷂鷹可以在天空盤旋的時候不為空中的飛鳥、地上的走獸轉移她的心智。就像最好的獵犬那樣可以不理田裏的兔子，也不隨便看見別的狗就叫，就咬，就打架。

但是這位鷹師對這隻天分特別高，筋骨技能特別好的鷂鷹期望還要在這以上。這所謂最後的一課對她來說，希望不是最後一課。他希望不要在覓食一課上完之後就給她畢業，放她去尋一個生活。他同他的代代祖先都一直希望早晚有這麼一天，最出色的鷂鷹同最出色的鷹師會遇到一起。他們也許會以絕頂聰明的人性與絕頂聰明的鷹性做基礎，尋覓到生命現象的通性，同那裏面的道德與倫理。

這天鷹師的打算已定，他就去把要用的東西準備好。

鷂鷹這些時也想了很長久，天天想，但是沒想出甚麼頭緒。她近來有點不耐煩。但是今天她看出她的主人做事、精神都恢復往常那種直截了當，又明快的樣子，她也振奮起來。

鷹師又像在準備帶她出去了。但是這次時間好像早些，他還沒有按時餵她。快要出門了，他去後院提了一個布包袱包著的方形盒子來放在那木凳上。她知道放在那凳上的一定是給她喫的，但是這次一直到要上馬、出遊了，還沒有把那裏面的東西拿出來給她喫。

忽然，她本能的知道那是甚麼了！那哪裏是一個食物盒子！那是個帶了布口囊的鳥箱，為了走路攜帶、方便，用一個大包袱包起。這樣一想，她那個與本性同來的敏感就清清楚楚地知道木箱裏都是甚麼鳥，一共大約有幾隻。

「那裏面有七、八隻活痲雀！」她想：「這回又是要做甚麼遊戲？」

「我的喫食在哪裏？這回還沒有餵我就先要做遊戲！」她又想。

鷹師這時已經把一個沒有鈴，可是有羽毛的皮盔給她戴上了。她也還是高高興興地，因為她愛做遊戲，餓著肚子做遊戲也是好的。

他們師徒到了大樹下，放了馬、解開了布包袱，提了鳥箱，就到了草原上來。

鷹師這次先解開絲絲，後摘頭盔。因此在頭盔未摘之前及初摘之後，這鶻鷹已灼急地兩爪在他皮手套上這樣一上、一下橫著走著。待她的頭盔一去，她忙看時，只見她主人把那盔放在手中掂著不知道是甚麼意思，掂得那盔上的羽毛一動、一動好像要飛一樣。

鷹師俯身下去在地上拾了一個小石子放在盔裏。他左手一震，把鵨鷹送到半空，右手用力一扔，那皮盔藉了石子的重量被他扔得極高。但是鵨鷹去得更快！

空中那一幕就好看極了；石子先垂直落下來，那皮盔將將要落，羽毛祇輕飄著還未因降落速度而伸直，這鵨鷹就在上升的情況下把它迎個正著，翻轉著身子，兩爪朝天就把它抓住，然後翅也不展，像個死鳥似的掉下地來！等她距地祇一、二丈了，才又一翻身，落在主人腕上。

她好像是說：「這樣的簡單的遊戲祇好加一點花招兒，玩起來才有意思！」鷹師就不再這樣玩了。他把皮盔先放在口袋裏，卻又把絲繩給鵨鷹繫上。

這時，他一面用眼看著她，一面右手自布口囊裏伸進鳥箱去，摸出一隻麻雀來。鵨鷹正要把這小鳥看個仔細，鷹師已經把那鳥放了。

小麻雀飛起來的姿勢就與方才那皮盔在空中情勢很不一樣：它向上一縱一縱，又平著一滑，曲曲折折走了。

鵨鷹的腿既是繫在皮手套上，祇能乾看著。

鷹師又摸出一隻麻雀來放走。這隻一離手就一直往上飛，飛到大樹裏去了。鵨鷹就把頭偏轉過來，翻著向上，盯著它看。小麻雀似乎覺得不妥，就又飛走了。

就這樣，鷹師把麻雀一隻、又一隻放走，最後的一隻自鳥箱裏摸出來以後，他就先不管那地上的箱子，一手架了鷹，一手握住那小鳥一直往草原寬敞無樹的方向走去。

他四面看看，覺得地方夠大，就把小鳥往空中一扔，偏偏扣著鷂鷹不放，直等那小鳥只是地平線上一個忽上忽下的小黑點了，才解開鷂鷹由她去追。

這次不是遊戲了！鷂鷹也就體力、智力並用，一面快飛，一面快想。

她不敢一時看別處，怕失去了目標，又不敢升高怕為麻雀發現。她拍著翅膀擦著草原飛，又時時改方向，好正正追隨在小鳥尾後，不易為它看清她的地位。

她到底是一隻出色的鷂鷹，她把這些動作都做到盡善盡美，沒有半點遲疑，纔十幾秒鐘就已追近，就已要決定採取甚麼姿勢來捕它了。

她連想都不要想，就自下攻上。這樣不但對她低飛的來路相宜，也可以截住小鳥往草裏藏的去路。這時她也不避被小鳥看見，就扇了她那雙大褐白花色的翅膀，顯露著胸前的餓紋，拳曲著的兩爪也向前伸展開來，直向小鳥飛行路線以下鑽過來。

驚散了魂魄的小鳥剛剛撲著小翅膀升起不到兩、三尺高，就已經抓在鷂鷹尖爪裏了。

小鳥自己從來沒有在空中飛走得這麼快過！牠現在被抓在鷂鷹爪子裏，就快得連下面的草都看不清楚。忽然，一切都模糊了，鷂鷹的爪尖已經刺進了它的胸膛。

這個又軟，又單薄，又溫暖，又微微跳動的胸膛是鷂鷹從來沒有經驗過的。這個與她同樣有翅膀，會飛的活物，就在她自己的爪子裏改變成了她的食物。她在飛回的路上已經都憑了本能地清清楚楚知道怎樣喫那痲雀。她怎樣用爪子按著，怎樣用她有鉤的尖嘴把小鳥一塊一塊地撕開喫。被撕得支離破碎的小鳥還有時睜開那灰白色的眼膜看著她。

在飛回到她主人的路上，這不過十幾秒鐘裏，她不但一幕又一幕把這些都想到了，她的爪尖也找到了小鳥的心臟，也準確地移動了一下，刺進去了，小鳥的血就染紅了胸前一片毛。

鷂鷹回到鷹師那裏才發現她的主人已經回到大樹下去了。看見她帶了小鳥回來，也沒有伸手來接她。她略略遲疑了一下，在半空用力扇了幾下翅膀，就升到一個大樹枝上去喫她的獵物，這是她第一次喫不是從主人手裏接來的食物。

這食物她自己在一個大樹枝上喫。

她慢條斯理地細細喫，一邊喫還一邊向四外、遠處看。她意識到這田野裏這種新鮮可口的食物她隨時可得，她喫的技術也好；所有她的爪子、嘴、頸項的小動作都完全正確。她把小鳥喫得乾乾淨淨只剩下羽毛，丟在地上。她就騰空飛去了。

她在空中盤旋很久，她又飛得很高。

平常鷂鷹在空中盤旋都是為了覓食，都是餓著肚子，她們靜靜地自高空向下面看，在空中，在地面找獵物。不但她們的聲音叫小動物震抖，她們的影子在地面上劃過也會叫家禽驚飛。

這鷂鷹並不想覓食，也不叫。她向遠處看，可是也是沒有目的地瞭望而已。她看見了這空谷以外的村莊，四散著的田畝，極遠處的城鎮。然後天邊上另外還有山，這中間又有河流蜿蜒，又明亮地流著。

但是她的心不在那裏。她不想去捉一隻田莊各處養著的雞，追逐地上的田鼠，空中的鴿子。連這裏、那裏村莊上空總有的三三兩兩，盤旋著的鴿鷹都不能引起她的興趣。她的眼睛祇不停地看著空谷口上那一棵大樹。

她的爪子尖一直不斷地給她精神上一種刺激，她一直在想那刺進小鳥柔軟、溫暖身體時那個說不出的快感。

一個人影終於從那樹蔭底下走出來了。她的主人慢慢地同平時一樣走到招呼她下來的地方，閑閑地四下裏看著，她也就趕快滑翔下來落在他手腕上。

若不是這鴿鷹所有的筋骨、腳爪、羽翼都特別靈敏，這年輕的鷹師這天就可能一下死於非命！像平常一樣，他等鴿鷹近了才伸出左手，鴿鷹垂著的兩足就抓在他腕子上。

但是他的手上沒有戴皮手套！

這鴿鷹若是沒有猛扇她那強有力的翅膀，又鬆了她的尖爪，她那降落的速度及維持平衡的腳爪動作就會把她主人腕上的血管刺破好幾處，皮膚、肉，也要撕開。但是她不愧是一隻最最出色的鴿鷹，她立刻校正了她的降落姿勢同速度，又立刻調整了身體的平衡。就是她抓著的不是她主人的手腕，而是一隻麻雀，她也不會傷它一根毛！

年輕的鷹師就好像不知道有甚麼異樣。他依往常一樣，用手順了順她的羽毛，帶她到樹下。那裏馬已預備好了，鳥箱、臥氈都已繫牢。他給鷂鷹戴上頭盔，就上馬回家。

鷂鷹抓著主人那沒戴著護腕皮手套的左臂，在馬上顛動起來很不容易不掉下來。她用盡了方法勉強陪著主人馳馬。她一忽兒滑到他手背上，一忽兒又上到他肩膀上，正規地在他平伸的腕上的時候不到一半！她既沒有絲絲繫著，她寧願隨主人一路飛回去。但是她頭上蒙著頭盔，她無法飛。

她忙亂之中，一邊不斷地扇著翅膀，東歪西倒，一邊兩爪這裏找，那裏找。她心上還不斷地向她主人發出緊急信號，希望他趕快戴上皮手套。但是她讀不出她主人心上有甚麼文章，因為鷹師用了極強的自制力量使他的心上成為一片空白。

好不容易，就這樣，他們騎馬到了家。到了庭院裏，在放回到架上以前，鷂鷹才鬆一口氣。因為不那麼顛動得急了，她才敢握住她主人的手腕。

她的眼蒙著可是她覺得出那細緻的皮膚。她記得那靈巧的手指頭。她的爪子覺得出他的脈搏，她的爪尖找到了他跳動的血管。她知道她若一刺進去，那靈巧的手指不久就僵直了。她若抓開他的血管，他的脈搏就要先變得輕微，然後就停了。她為這些可能所僵化，她不知道怎樣忍受自己那按不住的心跳，及肢體裏奔騰的血潮。她不要傷害她的主人，但是她也沒有在心上摒除、斬絕這個意念。

她的心上更是除了她的鷹師以外甚麼別的都不能想。她滿頭滿腦都是她敬愛的鷹師，想的都是自那天市集上初遇以及為她製盔、製腿套、換絲縧，種種教養的事。她心上從來未有這麼熱烈地愛戀他過！

她似乎也愛那自己的爪尖抓住她心愛的鷹師手臂時那可怕的快感。

這天夜裏正是月圓，人家的狗整夜一聲接一聲地叫著，鶻鷹一夜也沒有睡好。

第二天正午，鷹師餵了她一餐精美的食品。親切地跟她說了好些話，為她繫絲縧，戴頭盔時又把她渾身上下都細細察看了。連頭下的軟毛、胸前的斑紋都吹開瞧瞧。這鶻鷹發育得出色的好，他看了十分心安。

他們到了要出門的時候，他把鶻鷹架在腕上。她抓著了護腕手套，心上也踏實下來。在馬上，她時時用尖爪抓那皮革，好讓自己確實知道她的主人手上這次又有手套了，也好叫自己忘掉這一場惡夢。

鷹師今天衹由了馬緩緩走著，好像不願太快走到。鷂鷹也很留戀這同行的旅程，一點也不在意。他們走了半天才到山谷，可是誰也不覺時間長久。

到了樹下，鷹師為她除去頭盔，解了絲絛，她就不等他振臂，就一縱身自己從樹蔭下飛了出來，一連連地拍著翅膀升到高空。鷹師也跟了出來看。

這天晴空無雲，鷂鷹又升到天上變成微小的一個黑點。鷹師仰首望著她盤旋，被日光耀得有一點睜不開眼。

在天上這鷂鷹看見那大樹同她的主人，也在樹邊同主人身邊的地上看見他們為日光投射的清楚黑影。她盤旋久了，那兩個影子就在地上隨了日光位置而轉移。她已盤旋一兩個時辰，她的主人就如同那大樹一樣生了根，一動也不動，祇是忠實地守望著她。

她的影子就在地上畫圈子，她故意一次又一次把自己的身影在她心愛的主人身上劃過。一次，又一次。

但是她不想下來，她在高空時時向遠處望，這次她遠望之中是有目的的了。不久，她又把身影在她主人身上擦過以後，她就滑過空谷邊上的山嶺外面去了。

天色要傍晚了，樹木、村莊、山嶺都在地上拖著長長的影子，空氣忽然不那麼溫暖。鴿鷹不知道已經飛了多少路程，而且越飛越健。

在冷空氣裏，她心上生出一股熱念，要回去再看一眼那棵大樹及大樹旁邊站著的年輕人。她不知道為甚麼，也不知道是吉是凶，是好是壞；她祇覺得有一件未了的姻緣。

她就像一顆流星，一粒彈丸，一直飛回這山谷來。

日色要沉西了，大樹不但影子深長並且已要混入黯淡的暮靄裏。她那灼急的心跳幾乎預知情形不對，叫她的翼搏都不均勻了。她在大樹邊上沒有看見她的主人。這次她也許是有點故意飛得遠，飛得時間長，但是她的主人祇應在外面期盼地等著，沒有在樹下休息的道理。

她疾落下來，擦了地面飛，一直鑽到樹蔭裏，在樹下穿過時她翻了一個身，又扭轉著她那好看的脖子，但是她的主人不在樹下。她並且連馬也沒有看見。

她又趕快升上高空在四野村路上尋找。她不知道她主人的家在哪一個方向，她只有一圈又一圈盤旋地找。她也看不見疾馳的馬揚起的塵土。

「夷——猶！夷——猶！」她就在高空扭動著頭頸，睜圓了眼睛叫。

慢慢地這些山野，這些村莊、城鎮都看不太清楚了。這裏那裏都有青磚、青瓦的房子，鷂鷹也不知道窺看了多少了。她悲痛起來就飛回到這空谷，這裏有她惟一熟識的大樹，這空谷是她剩下的惟一熟識的地方。她如果要尋死，也就只有死在這裏。

在夜空裏，她一次又一次地升高，然後又不顧一切地俯衝下來。一次又一次，她又在快撞到地上時飄然橫滑過去，又升上天。

鷹師回到家以後，把馬牽到廄裏，給槽裏加了糧，盆裏加了水。他走回堂前，在簷下取下鷹架，連帶回來的頭盔、腿套、絲縧、護腕手套，揩抹乾淨撿在一起，仔細地裝到屋中他的大箱子裏。廊下輕便的硬木架子及桌子上的木凳就拿進屋來，放在箱子旁邊。

他沐浴更衣了，就去他父親靈位前祈禱。他祈禱之後，晚飯也不喫就休息了。在床上他再三回想他所做的一切，他心上十分悲傷，但是他沒有做錯。

這天晚上月色仍是十分明亮。他在床上不能入睡。窗前的影子裏，平時他可以看見他的鷂鷹的地方現在是空著，連鷹架也沒有。

遠遠從天邊上一陣陣傳來極微細，又極悲戚的聲音：

「夷——猶！」

「夷——猶！」

「夷——猶！」

獸言

自從他不堅持人的看法，接受猩猩的看法之後，進步就很快。猩猩們不但拿他當一個猩猩，並且認為他是很有智慧的猩猩。除了生理的限制外，他可以比一般的猩猩更體驗得深刻，他慢慢地也發現了猩猩的心智活動自有其一種與人類不同的典雅。

「鸚鵡能言，不離飛鳥。猩猩能言，不離禽獸。」

——《曲禮．上》

從前有一個很有學問的人。他的最大志願是把宇宙間的智慧融會貫通起來，然後從智慧裏再尋真理的奧祕。他既是生長於一個世代有學問的人家，他自小的教養便十分好。不到十五歲竟已遍讀重要的書，知道古今的事。

別人都來稱讚他的學問，又來向他的父親道賀。但是他的父親並不表示這有甚麼可賀，他自己也一點自滿的意思都沒有。「我的孩子這才不過通了一國文字，了解了一國的文化。」他說：「世界上有這許多國家，這許多文化，他學成的日子還早得很呢！」

從這時起，這個孩子就已經明白他自己一生的大志願跟他家傳的志願是甚麼。他的歷代祖先已經為他預備下了好基礎，他就是自己不能達到這最終目的，他的孩子一定要繼續他們的志願，成就要比他高。因為他至少在家傳的基礎上又為他的子孫築高了一層。

他的父親就自各處遠方的國度為他聘來有學問的、有靈異的人來教他那些遠方的文化、歷史同智慧。他也就用心來學。因為他熟知他本國的文化，他學起別的文化來也容易。因為他學明白了不止一個文化，他對於其他文化的了解也越來越快。又因為他精通他本國文字，他學別國文字也容易入門。因為他能通不祇一國文字，他用比較的方法來研究其他的文字，也就事半功倍。

這樣，到他二十五歲的時候，他的父親見他真正是個出眾的學者了，才稍微露出一點高興的樣子。在他二十五歲生日的時候為他宴請賓客，一面是慶祝他學業上的成就，一面也要當了賓客謝謝這些遠道來的有學問的人。

在宴會上，不但他流暢地同這些有學問的人用他們的語言談他們各國的歷史、文化、風俗、宗教、美術、及政府、經濟、軍事制度，還同時把所談的當場口譯成本國語言，說給在座的來賓聽。不用說這談話的內容多麼神奇，就祇瞻仰一下這些各地來的大教授們怪異的相貌、服裝，已可令人體會學問、智慧之廣闊無涯。

酒席才撤下去，音樂、舞蹈同戲劇開場以前，家中的僮僕們就牽著、架著好幾個猩猩、好幾隻鸚鵡到堂前來。原來這些鳥獸都會說話，這位年輕的學者在學習一國的語言時，就教一個猩猩或是一隻鸚鵡學那國語言當消遣，這樣在他練習時也有個伴。

這些鳥獸就當場給客人表演牠們的技能，有的說些哲理，有的講個笑話，他就翻譯給來賓聽。

語言既離不了文化思想的內容、邏輯同觀念。它們所說的話也就表現那些文化的特徵和特有的語法構造及形式。

這些鸚鵡同猩猩真正是都說了一席話：說了一席人話，不是說猩猩或鸚鵡的話。

因為說的是人話，來客自然就很欣賞。他們既驚奇又嘆服，就熱烈地鼓掌不停。在掌聲中僮僕們正要把這些多才的禽獸帶回去，好教音樂、歌舞登場，這年輕學者的老祖父，就顫顫巍巍地扶了一根拄杖從後面走了出來。

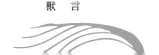

大家都趕緊立起，離席敬禮。老祖父只略略回一下禮就先開口責備他的兒子：「怎麼連你也一時糊塗起來，以為我的孫兒已經學成了？

「像這樣關起家門研究學問，祇好娛樂娛樂自己。外面的世界多大，永遠也不能體會！孫兒離學成的日子還遠得很呢！」

老祖父打了大家一場高興，自己又拄了拐杖顫顫巍巍地回自己房裏去了。

這個有出息的孫兒不但沒有因此灰心，反倒興奮起來。他當場宣稱他要出門走遍天下去求學問。他的教授們既已把學問送進他家門來為他啟蒙，現在他要去追尋學問的源流、根本。那怕走到天涯，若是得不到啟示就不回來！

他叫出他的獨生孩子來，抱在手裏，親自送到他父親身邊，請父親傳授教導。因為他此次出門，路程遙遠，不能預先知道歸期。

這天酒宴就此散了。他向各賓客告罪，又向各教授辭行。他們都邀請他到他們的國度去訪問。他的小孩子才不過三歲，已經會用好幾國語言說簡單的寒暄話，也跟他用不同的方言向這些學者說：「再見！」

這位年輕學者出門以來，就辛勤到各地求學。他路越走越長，見識越增越廣，也就越知道世界之大，要去訪道的靈山之遙遠。

他不覺已經是一位白髮蒼蒼的老者了。

這一天，他迷了路，沿了一個溪口，走進一叢原始的野山。他一路爬著溪中的大白石塊，向著山澗來源登山。他越爬，山越顯得深幽，也不知道爬了多久，忽然在遠遠山石上看見一個穿了長衣戴了竹笠的人影。他就翻著大石頭，向那個站著的人影走去。好不容易走到，已是喘氣不停。他一面緩一口氣，一面四周看看，才見這裏羣山層層環抱，很是嚴緊，連來路都看不出來了。

那個在這裏站著的人，這時看他喘息平定了，就對他說：

「我已經等候你好久了！」

他聽了這話半懂不懂。勉強抬起疲倦得垂著的頭，定了神看一看這位山中人。竹笠影裏，他的相貌奇古：前額光滑突出，兩眼滾圓。臉從鼻子以下向前蹶出來，兩片嘴唇伸得比鼻子還要遠。看來年紀不小，可是祇在嘴唇邊上稀稀地有幾根軟毛。

這山中人樣子很和善，眼光很懂事，兩臂過膝，垂打立著，態度十分恭謹。

「路上一定很辛苦罷？請隨我來，先休息一下。今天晚上大王還有宴會為先生洗塵！」

他聽了更不明白自己是到了個甚麼地方也就不多說話，祇誠懇地道了謝，就跟隨了這位山中人，離了山澗，沿了一條小路曲曲折折到了一個聳秀的山峯下。他走到這裏精神反而恢復了不少，不想休息，很想看看周圍環境。

山中人帶笑止住他，領他到一個藤蔓籠罩的去處，有一塊大平石頭，就請他坐下休息。他們才坐定就有好幾個小猩猩捧了盛水的瓢取來清泉，請他們飲用。他喝了幾口水才知道這一路走得乾渴，就把一瓢都喝了。

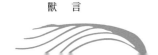

喝過水以後，那困乏的身子就再也支持不住，談話也不能專心，不覺沉沉睡去。

他醒來的時候已近傍晚，這個山中人就來帶他攀了長藤，尋著石隙，一直上到峯頂。若是他沒有歇足氣力，這一段路他是無法走的。若不是沿途到處都是大小猩猩快捷地在枝椏中穿梭來去，時時拉他一把，扶他一下，幫幫他忙，他也不容易爬上這個高峯。

因為山路這麼困難，他一直顧不了說話，可是不斷地聽見那山中人與猩猩們交談。他心上一面慚愧自己平生學問在這裏半分也用不著，一面又氣憤自己雖然通曉這麼多語言，到了這裏簡直等於又聾又啞。

到了山上以後，那山中人就把他領到一個平崖上去見一位老猩猩。老猩猩說了些話，做了些姿勢；那山中人也說了些話，做了些姿勢，然後告訴他說可以坐下了，就示意請他坐下。

因為他是一位非常有學問的人，又學過各國的規矩禮貌，也看遍了各地的風俗習慣，他就特別觀察精細，感覺靈敏。也因為如此，他就完全不知道應該是怎麼辦！他看不出來那老猩猩歡迎他不歡迎，從說話的聲音同所做的姿勢裏，也看不出他高興不高興。

於是他就站在那裏不動。

那山中人就問他有甚麼問題？

他想說他不知道應該怎樣坐下？先彎哪一條腿？臉朝著哪一邊？是走到指定的地方去坐下，還是看著主人，退到位子上坐下？坐下之後，採取主人的姿勢還是另有賓客的姿勢？這些事怎麼做他都一點也不知道，祇知道都十分重要。

急切中，他又無法詳說他的難處。他又想問這位老猩猩是不是就是大王？這裏是不是王宮？這是不是就是宴會？只他們三個人？

這樣簡單的問題已經十分困難，問不下去了！「三個人！」他想：「一個猩猩，一個人，還有一個也不像猩猩也不像人！」

那山中人好像已經明白他的難處了，就不等他回答，捉起他的手，領他到那老猩猩旁邊，挑了一塊大石頭請他坐下。他坐定了；心上帶著歉意，先看看那老猩猩，再向四周看看。

老猩猩不出聲地翻了翻那又圓、又是白色的眼皮，並不看他，祇向上下四方察視一下。

他隨著看去，才發現就在他猶豫不能就坐的那一剎那間，這山峯上的平崖地已經都擠滿了各色各樣的大小猩猩。石上、地上、樹上、籐上而且來往跳動著不停。

山中人先陪他坐在石上，不久就又移坐到地上。老猩猩不太動，但是也不坐在甚麼特別的座位上。他不是來回移動的時候就祇是蹲著。

他才知道在這裏獨有自己是異類。

山中人讓他坐在石上，因為那是人的坐法。

他忽然明白了之後就也不想問那些問題了。甚麼大王不大王、王宮不王宮、宴會不宴會，都是為了與人說話方便起見，繙譯出的既非人言，也不是獸語。

他是位大學問家，更是語言學家，是一向深知文化之間是無法有完美的譯文的。所以他立刻完全了解他的處境了，心上就一點也不覺得怪。

他又是極有同情心又極有禮貌的人，所以他也就離開他的座位，去那大石邊地上蹲下，希望這樣可以表示他友善的心地。

忽然，這山崖上，高高下下各處的猩猩都騷動起來，又都聚集過來看他，反應十分熱烈。連老猩猩也回過頭來用眼混身上下打量他。他一時不知是凶是吉，不免十分害怕。那山中人等大家稍微安靜下來一點以後，告訴他說，大家覺得他很聰明，沒有用多少時候就學會猩猩的姿勢了。

「也許我應該把這個意思再解釋清楚一下，先生是因為客氣的緣故才這樣蹲下，他們是以為先生要學做猩猩，又學得很有樣子才都這麼高興。」山中人說：「可是這裏面也有一點小誤會。不過我已經對他們表達明白了。希望先生不要過於在意。他們這是第一次見到自世上來的生人，有我在這裏隨時照應，有那位大王在鎮壓著，不致出甚麼大亂子。老實說，大家的舉止已可以說是十分文靜了……」

一句話尚未說完，就比飛還快，從這邊樹枝上跳下一隻猩猩，幾乎落在他身上，一把向他抓過來。他驚得僵了，連動都不能動，祇見那山中人伸出一隻前臂一隔；那個猩猩便沒有真抓著他，就飛掃過去又已上了那邊的岩石上。同時那老猩猩又早已尾追過去，緊緊在後面一路撲著追，別的猩猩都急速閃開，讓出地方由他們兩個追咬了一陣，把這山邊上的小石子蹬得往下亂滾。那個無禮的猩猩被咬得不輕，叫著跑著躲到遠處去了。

他雖然在這急驟的一串事故中僵直得不能動一個手指頭，可是發現自己的目力自入山這些時來已有進步。他不但能看清那追咬的老猩猩的四肢動作，也能分辨出那個橫岔裏襲來的猩猩奔走時的矯健，更能看出他受罰時祇有招架，沒有反咬。他覺得自己已經可以開始研究猩猩的事了。

最令他注意的是，當那山中人伸出一隻手臂來保護他時，他那長衣袖就脫落到肩頭。他才看見那露出的手臂密密地長著棕紅色的毛。

山中人又向他說：「你方才那個蹲著的姿勢是雌猩猩求偶的姿勢，雖然你是無心，而且自然做得也不太像，但是總是難免令他們誤解。不過我解釋了，也以為就沒事了。剛才這個猩猩偏不肯信，他想把你衣服撕去，看看你是雄是雌，想來交配，實在沒有傷害你的意思。」

他驚駭未停，不知如何是好，不覺問了一句：「你說向他們解釋清楚了，我怎麼沒有聽見你說話？」

「我們表達意思不一定都是發聲，有的是做出姿勢，有的是發出氣味，所謂說話祇占一小部分。我又用姿勢，又用氣息，又把眼圈的顏色從淺紅變成深紅，已經表達得再明白沒有了。不過您先生知道年輕猩猩總是這樣，居心很好，就是舉動躁急一點！」

他半天喘息才定，這時間內他連看都不敢看這些猩猩，因為他不知道自己眼圈是甚麼顏色。他就一直看著地下。

地下爬過一隻小甲蟲。小亮亮的甲殼，匆忙的許多小腳。他想：

「猩猩已經這樣難交往，將來想與甲蟲通消息，恐怕更不知道會出甚麼問題！」

他如此沉思起來，完全不知道他的這個姿勢在猩猩眼中是十分可愛的。大大小小的猩猩，就都眷愛地看著他。

那個在一旁蹲著的山中人，這時伸出一隻手，敏捷地捉起那個小甲蟲來就放進嘴裏喫了。他喫時還閉上眼睛細細品味。

宴會上的秩序又多少恢復了一些的時候，許多猩猩就搬來各色各式的喫食。其實這個聚會很難說是個宴會，秩序的道理同標準自然也不是可以用人的看法來衡量。他因為學識廣，見聞多，自然不會犯這種幼稚的錯誤。他已整個把心放平，祇觀察、不批評。

他正好也覺得有點餓了，看見分給他的喫食裏有死青蛙、田鼠、蛇，但是也有草莓、桑椹、桃、李子。

他心上一邊想這個新奇的經驗：做了猩猩王國的客人！又一邊覺得彷彿有過這種經歷，衹不過是一切顛倒了過來：彷彿又回到多少年前離家的那一晚，家中開了盛大的宴會，自己許多馴養好的鸚鵡、猩猩都出來表演。

他自己現在是猩猩王國的珍異禽獸了！他本著家傳的風範，堅持著自己的志願，下了決心要學獸言了。

他心上油然生出感激的意念，感激命運註定了由他來把學問從極峯上更進這一步！

他拿起一隻桃子問山中人：「這個叫甚麼？」

「嘰——哩！嘰——哩！」好幾個猩猩一齊說，就好像他們都已懂得他的意思同語言。

他就用他那精辨音韻的耳朵，與巧妙靈活的整套發音器官，從橫膈膜而氣管，而聲帶，而口腔，而舌、唇、齒，來模仿這聲音：

「嘰——哩！嘰——哩！」

大家都很沉默，沒有甚麼反響。

「嘰——哩！嘰——哩！」他又說，說得真是畢肖，閉上眼聽去，無論誰也要承認像是猩猩叫。

大家還是不能欣賞。

山中人看他完全不明白，就向他解釋：桃是很好喫的菓子，他說話時沒有把手放在嘴邊，沒有用手推、打身邊的猩猩，沒有在說完時把嘴唇撮起來，更在說的時候沒有兩腳並著跳躍，好像是說一件不相干的別的事，所以大家都有些莫名其妙。

他又拿起一個李子來問。

「七——麗！七——麗！」大家又蹦著、跳著告訴他。他也就默默地在心中把這個音記住沒有學著說出來。他就又拿起一個桑椹來問。

「七哩——！七哩——！」

他深怕這種微妙的變異不容易分辨，又不容易記住，就要先不管姿勢、表情，先把發音溫習一遍。他就跟山中人商量。山中人頗不以這種學習方法為然，可是也勉強同意；就向大家表達一下，然後就請他溫習發音。

他拿起一隻桃子，說：「嘰——哩！」
他拿起一個李子，說：「七——麗！」
他又拿起一個桑椹，「七哩——！」
山中人沒有說不對，也沒有多誇獎。他就有點覺得沒趣，但是還說了兩三遍，並且把次序改換了說。他那發音可以說真是絲毫不差，他也知道不加上那其餘的表情他的語言在這裏是行不通的。但是這不是一時可以學成的事，這祇算是剛剛起了個頭兒。現在發音既已叫自己滿意了，他這次就想要加上表情了。
他鼓足了勇氣，站起來走到一堆沒有分的菓子前。那裏面有好幾樣山菓是他不認識的。這一堆裏還摻著些野花、雜草。他在裏頭找到一個小桃子。
「嘰——哩！」他舉起來，向大家說。
「咕——嚕！咕——嚕！咕——嚕！」大家一起嚷叫起來！
山中人看見他十分迷惘，正要前來解釋，有一隻小猩猩已經跳到那一堆花菓上，又兩足跳躍，又兩手挑撿。他動作飛快，抓起許多李子、桑椹、杏子，向遠處亂扔。
「咕——嚕！咕——嚕！咕——嚕！」不斷地叫。

忽然，這小猩猩找到一朵大黃花，他就先把手放在嘴邊抹，又跳下來用手去碰別的猩猩的嘴，又拿花給這老學者聞，然後撮起上下兩片嘴唇，深深吸氣。這時他兩足並著跳得多高，又趁著這蹲著的形式，在空中翻了一個觔斗：

「嘰——呢！嘰——呢！嘰——呢！」他就這樣叫！就這樣鬧！

然後，他就把那個大黃花喫了。

他喫完了，才又回到花菓堆上去挑撿，一邊挑、一邊扔、一邊喊：「咕——嚕！」一直把一堆花菓扔光。

這一陣雜亂裏，山中人才走到他身邊，才慢慢向他解說：「這是一堆挑剩下不甚好的花菓，若是好喫的不夠了，我們也可以喫這些咕——嚕，現在既然有這許多美好的嘰——哩、七——麗，就把這些小桃子、李子都比成咕——嚕了！

「至於那一朵大黃花，那倒是個大嘰——呢！算是那小傢伙眼尖，是他的好運氣！」

他到這山裏來不覺已有兩三年了。猩猩們待他很好。山中人有時出門，一去就是好幾天，甚至一個多月，出門前後總來跟他談談，看他學得怎麼樣了。他也像小學生一樣，高高興興地向山中人回覆他的功課。山中人似乎很關切他的進展，總像是有甚麼事要跟他談。但是又似乎因為他進步雖然快，可是學業的路程更遙遠，還一時談不到那些重大的問題。

猩猩的教育是不用書籍的，整個大自然就是他們的教材。他們的制度裏還有專門傳授的猩猩，這種猩猩平時總是聚集多少幼小的猩猩一起上課，小猩猩們一邊玩一邊學。他們就一起一邊玩一邊大聲喊叫著教他們。這樣，那些小猩猩們也學得很快。

他們就完全用猩猩的教學系統來教他這個異族的學生。他們遴選最有學問的猩猩來教他，這些猩猩們雖然各有專長，但是自然都不通人言。也就因為是這個緣故，他們所教給他的才是純粹的猩猩教育。

他呢？自從他不堅持人的看法，接受了猩猩的看法之後，進步自然也就很快。這兩三年來，猩猩們不但已經拿他當一個猩猩，並且認為他是一隻很有智慧的猩猩了。

他記起他從前家裏養的能言禽獸所說的都是與他們自己不相干的人話。現在他則已經可以在與猩猩說猩猩話，及與猩猩交往之外，還可以與猩猩說人世間事。

從這一點，他才看出，才體會到那山中人之博雅！那山中人真是「等候」他好久了！已經又等了他兩三年！因為山中人早已能在人與猩猩的兩個世界之間通消息。

他因為能夠以猩猩的感覺及心靈來領略猩猩的環境，除了生理的限制外，他可以比一般的猩猩更體驗得深刻，他慢慢地也發現了猩猩的心智活動自有其一種與人類不同的典雅。

他所求的知識、學問，在猩猩都不重要。像桃子、李子這種植物學上的分類，在猩猩心目中都不及這菓物的色澤、香味要緊。他世代家傳的求智慧、真理的心願都不及踞坐在樹梢看晚霞，跳進清泉去戲水有意義。

他有時與老猩猩及山中人縱論人間世，及靈山中的短長。他們常常彼此交換意見，可以慨嘆很久。

自從他受了猩猩的教育，他才真能領略山石、樹木之莊嚴，溪水性情之奔瀉，四季更換，及生死的至情至理。而這新理解是融合猩猩與人間的，因為大自然的世界及天上的星辰、日月，是人、猩猩與萬物共有的。

老猩猩與山中人就與他成為至友，他們就給他起了一個又親愛又禮敬的綽號，用猩猩語拼音就是「苦若能甘」，意思就是「世間猿」。

山中人同他彼此認識越來越深之後，發現彼此的身世也有些相像。猩猩們很注重快樂，所以他曾到人間去經歷，希望能在人間找到猩猩們所未曾享有的至樂。但是他在人間所得到的不是甚麼快樂，而是新奇的知識。然而因為他很虛心，他也很能欣賞這些對他沒有甚麼用處的知識。

世間猿呢？他是為了追求知識與智慧一直走到人世間外來的。抽象的道理他並沒有得到多少新的心得，但是近身的快樂卻體會了不少。自從入山以來，他先是目力增進了不知多少倍。目力以外，他靜心的功夫也是凡人不能想像的高超。平常人總是覺得如果要靜心，手足要先靜止，連呼吸都要遲緩下來。他現在一邊手足可以迅速攀登籐條樹幹，眼睛同時還可以查見花葉上的小蟲，耳朵可以聽見小鳥剔理羽毛的聲響，鼻子還可以聞見悶在濃厚的枝葉下，快要成熟的山菓，一陣、一陣地發散出甜蜜的香味。這都是心靜的功力。

他的手臂沒有猩猩的長，可是比初入山時得力多了，這是他從猩猩學來的。這個可以算作學問嗎？

他會撮起嘴唇來吸氣，這樣那在嘴裏咀嚼的食物就平添一種味道。他又會用手撫弄自己的耳朵，這樣，那山鳥的叫喚、松風的呼嘯、泉流的嗚咽，就被他調弄出各種抑揚的聲韻同節奏。這能算是智慧嗎？

惟獨從身體上發出溫熱的氣味這件事他學不會。可是他的嗅覺確實是越用越靈了，他分辨得出來很精微纖巧的氣味，也很能領略氣味的升降、濃淡及改變的遲速。有時在他不自覺中，他的身體也彷彿有發揮氣味的生理運動。結果雖然仍是沒有氣味發出來，可是對他與猩猩傳達訊息的效果說，好像已經很有助力。同時他自己的身體則確因此有一種滿足的感覺。這個感覺是他從來未想到的！

就這樣，他所能體會的山中情景及整個自然世界的現象就都與初入山時大不同了。

老猩猩同山中人教他在寒冬的夜晚從撫摸自己的皮膚、毛髮來預知冰雪甚麼時候融化。在春天時教他怎麼察看眼膜、口腔的顏色來調節猩猩族類的生殖。夏去秋來的時候，他們常常去風涼高處的山岸上靜候那繁密的蟬鳴，自寬厚聒噪的聲響，慢慢變得稀疏清脆，又漸漸添了金石的音調。

在這種時間同心情裏，他們三個常常一時分不出彼此，忘了你我。這一年，就在一個高巖上，他們結拜了兄弟。

他們就序齒：他九十歲，最小，做小弟弟；山中人一千歲是哥哥；老猩猩，三千歲是大哥。

在這以後不久，山中人又下山去旅行去。這次才出去幾天就匆匆回來了，他迎上去跟他新認的二哥哥說話時，才看見山中人背上負了傷。那一隻箭還在他肉裏，一直帶回山上來。

老猩猩也來了，他便親自為他調理。他先小心取出箭來，又在小猩猩們迅速採集的一堆藥草裏選出他要用的材料，一齊放在嘴裏咀嚼細了，慢慢給山中人敷上。又有小猩猩獻上許多肥美的小甲蟲給他，他就抓了一大把放到嘴裏嚼，好像很滋補的樣子。

「恐怕這地方又住不下去了！」老猩猩說：「你想他們看見你中箭了麼？」

「我怕他們是看見了。」山中人說：「我也沒有叫，也沒有倒，祇是趕快繞路回到山上。可是恐怕他們還是相信射中我了！他們很追了我一路。不過天晚了，進了山以後他們就好像迷了路。」

「他們一定是回去找人去了。也許三五天就會出來搜！」老猩猩說。世間猿聽了，心上就像深深中了一箭那樣痛楚。他耳中就好像已經聽見了圍獵的號角，眼前又好像已經看見了張開多大，又流著口涎的獵狗嘴中又尖、又閃著光亮的白牙。

他心上痛苦地想保護他的兄長、他的朋友，可是不知道怎麼辦。猩猩們就在山岩上樹上各處叫著、跳著等候命令。老猩猩同山中人商量好了之後，才一發出信號，大大小小的猩猩就都結成一小羣，又一小羣地向更深的山裏去了。

山岩上，祇剩了他們兄弟三個，他們靜靜地坐在一起一直到了夜晚。月亮升到天空，萬山寂寂，他們也彼此無言。

山中人經常到各地尋找有靈氣的山，時時為移居做準備，也時時到人世上走走，探看人類的意向，好安排應付的步驟。這一次情勢很明顯，他們要長途跋涉到很遠的深山去了，因此與他們的弟弟分手的時候也到了。因為世間猿也要走很遠的路才能回到自己的家族去。

他們無言相對之中，彼此都明白這山中幾年的美好經歷不是他能帶回人間去與別人分享的。

世間猿也立刻意會到他那世代相傳的追求一切智慧的志願，到底是走到路盡頭了。走出人間世第一遇見的就是這些猩猩。猩猩以外還有鸚鵡！禽獸以外還有昆蟲！他是一直追尋到底呢？還是當初就不應當有這個志願，有這個野心？

夜深了，老猩猩獨自走開了一會兒，拿了一個紫紅色的漿菓來。他們三個慢慢一同下得山來，一直走到當初他初遇山中人的山澗裏。月光下大石一塊一塊都是雪白的。兄弟三個就又在那裏靜坐了一時。他們敏覺的機能，可以偵知周圍十幾里路之內都沒有獵人同獵犬，可是也覺得出來等不了幾天，獵人獵犬就要把這一帶山嶺的清靜糟蹋淨盡。

老猩猩同山中人就對他說：這次分手就是永訣了。不但他們兄弟從此再也不能見面，他回到人間也決不可以再回來找他們。若是他不聽信這話，就會為大家都帶來大不祥。

他聽了雖然還是不甚明瞭，但仍是恭謹地記住了。

老猩猩拿起那個紫紅的漿菓把汁水擠出來，山中人就伸出兩手捧住那擠出的菓汁。他們就叫他飲這汁水。

他就著山中人的手，一口、一口地，把那菓子水喝下肚去。兩個哥哥把菓子完全擠乾，他也就喝得一滴不剩。

「山裏的事，你千萬不要對任何人說，」老猩猩告誡他：「這菓子的藥力可以保護你一個時期。等到你從心底透澈地明白了我說的話之後，你的身體裏自然會生出解藥，解去這菓子的藥性。」

他也就恭謹地聽了。

「咱們這就要分手了，」山中人說：「你有甚麼要告訴我們的話麼？」

他想了一想，就說：「我初來的時候有一次看見一個甲蟲，心上想不知道甲蟲的文化是甚麼樣子。若是可能的話，就請兩位哥哥暫時先少喫些甲蟲罷！」

老猩猩就看著山中人，山中人有點為難。

「趕快走罷，」他說：「趕快趁了月色，在天亮以前走出山去！我就答應你罷，這五百年裏我決不喫甲蟲！」

忽然，他在人世間所受的教養又都回到心上來了！他心上十分感激，就用人間的大禮，就在那大石上，就在月光下，拜謝了，也拜別了他兩位兄長，又祝福他們一路平安，就兩眼含淚，忙忙走下山去。

老猩猩同山中人也是淚水盈眶，一直望到他走得看不見了，才轉身，如飛也似地，在山澗大石上一路縱跳向深山裏追蹤他們的小猩猩去了。

他果然在天明時，順水、尋路，走出了這原始叢山。在溪口，他照著流水，整整衣冠，覺得衣服雖然都破爛了，還可以看得過去，祇是因為幾年來一直撮唇說猩猩話，做猩猩事，他的兩片嘴唇有些往前伸出來。

「快回家罷！」他想，他就快走了。到了正午的時候，他到了一個市集上。市集上人聲很亂，鬧得他頭暈目眩。有人見他相貌古怪，白髮垂肩，就弄些喫食給他喫，他也無心喫。這時又有許多獵狗跑來圍著他叫、圍著他咬，大家就又忙著替他趕狗。

有好幾個獵人過來看是怎麼一回事，看見他這個樣子，就問他是不是剛從山裏來？在山裏看見許多猩猩沒有？看見沒看見一隻穿了衣服的猩猩？那穿了衣服的猩猩是不是帶了傷？中了箭？

有一個年輕的獵人更不等他答話，就搶上前來，一把將他衣袖擄起來，露出了他枯瘦無毛的手臂。

他氣憤極了，張口正要教訓這輩無禮的人，正要罵他們不如猩猩，可是他發不出聲音來！他的語言天才，他的學問、知識，都成了一片寂靜。

「這人是個啞巴！這人是個啞巴！」市集上的人彼此說。

他又不知道走了多少年月，終於又走回到他的家門。他在路上那悠久的時間裏心上不斷地溫習山中的經歷。他心裏已經編好了一部大書，一部語音學的傑作，一部猩猩的語言語法。

他的家裏的人一看見來了這樣一位老人，馬上就都知道他是那位傳說中的極有學問、出去訪道的老祖宗。他們把他迎到家裏，給他洗浴，更換衣服，就是可惜不能聽他說出門這好幾十年來的經歷，因為他已不能說話了。

他當天稍稍休息了一下之後，進了一點飲食，就回到一直為他保持得整潔的書房去安歇。他的家裏的人誰也不敢去打攪，可是在院中都看見他房中燈火一夜未滅。

第二天，家裏人進去問他早安時，看見他案上已經積了一疊多厚寫好的文稿。

他從書房走出來到院子裏散步，又從院子裏走到後花園裏。後花園裏迎面傳來的是一片孩子們讀書的聲音。

忽然他的臉色變了。

這些書都是他讀過的！這些書的文字都是他心上記熟的！這些書裏的理想都是他無條件接受過的！

他匆匆走回他的書房去，他關上了書房門，就在青磚地上一張、一張燒他夜來起始寫的文稿。他後寫的在上面、先寫的在下面，他就從後往前燒。他灼急得不等燒完，就抓起牆角立著的那根他祖父當年用過的拄杖，拿著就往後花園去。

他進了花廳，把他那督促念書的孫子及那些聰明、好學的小曾孫們都驚呆了。他的孫子正想把小孩子們準備好，來給遠道歸來的老祖宗背誦功課，沒想到這老祖宗揮起大杖，把桌上筆墨紙硯、書籍、筆記，統統掃到地下，又氣急，又通紅著臉去地下尋紙筆好書寫他要說的話。

急切中，他語言的能力就又恢復了。他說：

「孩子們不要讀書！不要讀這許多書！出去玩去！出去到花園去玩去！」

他忽然發現他已經又可以說話，就又大嚷，大叫：

「去玩去！去做甚麼都好！去玩去！」

他家裏人知道這老人是病了，是瘋了，就擁上來，攙扶著他回書房去休息。他卻一直高興地笑著叫著，十分快樂。

在他書房裏，青磚地上的一堆字紙灰裏，他的孫子撿到一角未燒完的紙。他看見上面寫著：

「苦若能甘　著」。

他就悄悄地把這燒殘的字紙藏了起來，作傳家之寶。

明還

小小孩聽見有人進來，好像沒有感覺意外。看見進來的是母親，也沒有害怕，也沒有畏罪的表情。他祇是耍他的球，他耍得更好了。小小孩希望母親能懂他這耍球的功夫確實不平凡。他就還繼續耍，希望母親誇獎他。

「明還日月，暗還虛空。不汝還者，非汝而誰？」

——《楞嚴‧八還義》

從前有一個小孩，因為跟他一起玩的孩子們都比他大，別人就管他叫「小小孩」。

小小孩喜歡跟大小孩在一起，可是他不喜歡做大小孩的遊戲。因為他不喜歡做大小孩的遊戲，所以在一起玩的時候，他玩得也不好，大小孩們也不喜歡他，就說他太笨。可是大小孩們又偏愛拉他一起玩。尤其是做遊戲的時候，若是人不夠就更非把拉進來不可。

這樣玩了一會兒之後，因為小小孩無心玩，就把那些遊戲都弄得亂七八糟。有那不好的大小孩就會打他，他就哭。

這時候，來勸的人就把他抱走。他們不說他太笨，祇說他太小。

小小孩還是願意跟大孩子們在一起，不過後來他就不多說話了。他還愛追隨在他們後面跑，可是總是不追上。他們一起在村子外閑玩的時候，他就一個人坐在田埂邊上看田裏的莊稼，或是在石橋上看河裏的魚。有些小女孩子常常來陪他，這時候，小小孩也跟她們說話。有時候大孩子們打架了，彼此生氣不說話，也會找小小孩來，他就也跟他們說話。

他就一邊說話一邊弄水，水裏的魚就來輕輕咬他的手指頭。他又有時候一邊說話一邊用手在地上畫圈子，小螞蚱就會跳來在圈子裏跟了他的手指頭轉。他若是伸出一個手指頭向上指，一個蜻蜓就落在上面。

這並不是說小小孩天天混身上下爬著都是蟲子。祇有在他講解甚麼事的時候，這些小動物才來到他這裏。平常他不惹他們，他們也不來找他。頑皮的孩子們要上樹去偷小鳥，不等他們走近那樹，大鳥早就急叫起來並且要撲下來啄他們的眼睛。可是小小孩若是要想跟一隻鳥玩，他就用手招他，那鳥就飛過來。當然，有時候鳥太忙，或者祇能帶了抱歉的樣子看看他，不能停下來，或者就是來了也不能待太久。小小孩就很懂他們，也不怪他們。

別的孩子們看慣了他這樣，也就不覺得他奇怪，可是也不懂他。

小小孩的母親是一個好母親。她很愛小小孩，也把小小孩寶貝得不得了。她又用心管教他，要他學好。可是她也不懂他。

小小孩這樣跟小昆蟲、小動物玩的時候，大孩子們就撇下他們的遊戲來看他。小小孩也喜歡他們來看。

有一天晚上孩子們在田野裏捉螢火蟲，小小孩獨自在一邊坐著，有一個小女孩來找他一起捉螢火蟲。正說著就有一隻螢火蟲飛過來，小小孩伸出一隻小手，那隻螢火蟲就落在他的一個小手指頭尖上。

小女孩看了喜歡，就拍著手說：「還要！還要！」

就又有一隻螢火蟲飛來又落在一個指頭尖上。

小女孩就更喜歡了，就笑著、跳著、拍著手，大聲叫著：

「還要！還要！還要！還要！」

別的小孩都跑過來看是怎麼一回事。

小小孩就伸出兩隻手，小手指頭統統分開著。一隻又一隻螢火蟲就從草裏飛出來，每個指頭上落一隻。一個也不多，一個也不少。小小孩的小手同小臉為螢火蟲的光照著，就好看極了。

孩子們就都拍手，又都嚷叫。有的孩子就走近來捉小小孩手指上的螢火蟲。他們才一伸手，那十隻螢火蟲就齊齊飛了。飛到草裏去一明一滅。

有一天有玩把戲的人來到鄰近的一個小城鎮上，小小孩的母親就帶了他去看。小小孩樣樣都喜歡看，騎馬的、耍猴的、走繩索的，在空中翻觔斗的，他都喜歡看。

有一個耍大球的人真是把一個大紅球耍得好。這個球在他身上到處滾就像吸在他身上一樣，從手掌上翻到手背上，又從手背上翻回手心裏。在手上面時，滾得平平穩穩，到手下面時就好像黏住似的不掉下來。

忽然他猛地一下把球一直從這隻手滾向那隻手，球就從他仰著的胸前滾過去。看看要滾出去，要自那手指尖落到地上了，他就把那隻手一舉，球就又從手背上滾回來。這時他再把身子一俯，那球就又從他背後滾過，又到原來的手背上。

小小孩都看呆了。他就仰著、俯著，翻轉著手、伸著、抬著，又低著胳膊學。他自然沒有球可耍，可是他學那玩把戲的那個神氣就好像真有一個球在他身上滾來滾去一樣。

這天晚上天特別黑。雖然滿天星斗，可是到處都漆黑得叫人不舒服。

小小孩的母親在廚房收拾晚飯後的碗碟，心上想這半天都沒有看見他，不知道他喫過晚飯後都到哪兒去玩了？她把碗碟洗淨，收好，就出去到處找。她看各處都這麼黑暗，心上就害怕起來，更放心不下。

她在村裏村外找了一陣，都看不見小小孩，她只有又走回家來。忽然她想也許小小孩生病了，也許他喫壞了肚子，也許是著了涼。她想著，就到小小孩的屋子裏來看他。

還沒有走到他的屋門口，她就從半開著的門縫裏看見小小孩的屋裏很明亮。而且一閃一閃地。她想：「這可不好！小小孩一個人躲在屋裏玩火！他怎麼可以這麼不乖！」她就要衝進去責罰他。

到了門口，又覺得那光亮不像是火，她就停在門口往裏邊看。

小小孩在屋裏正玩一個大球。這屋裏也沒有點燈，那光亮就是這個球發出來的。那柔和的火，淡淡黃黃，清明潔淨極了。小小孩就耍那個球，那個球就在他身上滾，從這隻手拋到那隻手，從手心翻到手背，再從手背滾到後背，落到那隻手裏。

母親很生氣。她知道小小孩自己沒有這麼好玩的一個大球，不知道這球是從甚麼地方來的。她就開門進去，教訓他不可以偷人家的東西。

小小孩正專心耍那個球，母親忽然進來了，嚇得他不知道怎麼好，一下子放開了手。那個球就慢慢從他手裏升起來，飄到開著的窗口，就從那裏出去了。

母親忙忙追到窗前去看，看見那球一直升到中天，天上就充滿了月光，地下也都明亮了。

母親這才明白，原來小小孩玩的是月亮。她才想起這時正該是滿月，難怪剛才天那麼黑讓她覺得怪，覺得不舒服。她就回過頭來責罵小小孩。

「你怎麼可以把月亮拿下來玩？」她說：「答應我，下次一定不敢了！」

小小孩祇是不說話。

「你下次再把月亮偷來，看我打你的小手！」她又要大聲說，又怕鄰人聽見：「答應我，再也不偷月亮了！」

小小孩就是不說話。

母親見他不肯答應，自己又拿不出一個這麼好玩又發亮的球來給他，就想今天晚了，不跟他計較。她就緩和了口氣說：

「無論如何，我不許你再把月亮偷來玩。這回我不罰你，可是你也不許向別人說！」

小小孩點點頭，說：「我一定不告訴別人，媽媽。」

母親看他已經玩得太興奮，也已經累了，就把他放到床上，拍他睡覺。才拍幾下，小小孩就睡著了。

母親還接著拍了好久。

她一邊拍著小小孩，一邊望著窗外的月亮。小小孩睡得十分香，月亮也十分明亮。一天的星斗——都顯得黯淡了。

「希望剛才天上沒有月亮的時候，沒人注意！」小小孩的母親想。

這以後小小孩好幾個月都沒有再偷月亮來玩。每到滿月，母親都特別留神看守著他，他也沒有甚麼異樣。母親想：「也許他已經明白不能隨便偷下月亮來當球玩了。」

她又想：「我給他這麼好幾個球，大的小的都有，也不見他玩。也許他已經不愛玩球了。」

「無論如何，這件事要算幸運，好像沒有別人知道！」母親想著就加倍疼她的小小孩。

後來有一天上午，母親到鄉鎮市集上去買東西。東西買好，正在一個小喫食攤上喫一碗麵，休息休息，預備回家。

忽然市集上大亂起來，跟著她就看見天變黑了！大人小孩都驚跑起來，把攤販的貨物都撞得倒了一地。不一會兒，喫食攤子也被人撞翻了。烏黑的一片裏，攤子做飯的灶火顯得又紅又亮。倒下的攤棚子在爐灶上引著了火，燒了起來，把市集照亮了一大片。

再看時，那市集上已經起了兩三處火。

母親心上明白，她想這恐怕又是她的小小孩幹出來的不乖的事情！這要是叫別人知道了，那怎麼得了！她就忙忙在黑地裏藉著星光，摸著路趕著回家。

快到自己村子，那時人們也好像安靜下來了一點，許多人家都已經點上了燈。燈多了，從窗子裏照到路上，她進了村子也好走得多了。

她回到家，放下買的東西，就往小小孩的屋子去。小小孩的房門是關著的。母親一下把門推開，迎面是一片照得她睜不開眼的亮光。

小小孩聽見有人進來，好像沒有甚麼感覺意外。看見了進來的是母親，也沒有甚麼害怕，也沒有畏罪的表情。他祇是要他的球，他要得更好了，比那玩把戲的要得還要好。

他同時耍兩個大球！一個黃的，一個白的。這兩個球在他混身上、下、前、後、左、右，團團地滾。他的兩手只輕輕地推送著，那兩個球好像是懂事一樣繞著他玩。他的小臉照得通紅，眼睛耀著歡喜的光芒，整個一個小孩的身形裹在一團亮光裏。

「媽媽、媽媽！」他興奮地喊：「媽媽、看！媽媽、看！」

媽媽又疼他耍球耍得這麼好，又生氣他不聽話。

「你怎麼又去偷球玩？」她說：「怎麼又這麼不乖！怎麼更不乖了？媽媽祇好打你的小手！」

小小孩聽了簡直不能相信！他還是希望母親能懂他這耍球的功夫確實不平凡。他就還繼續耍，希望母親誇獎他。

「快伸過手來！我要打了！」

小小孩的眼眶裏充滿了眼淚，兩隻手就托著兩個大球，也不耍了。他滿面哀愁，無限委屈。

慢慢地，他把兩隻手高舉過頭。那兩個球就帶著他慢慢升起。小小孩就隨著它們從窗子飛出去，一直飛到中天。
外面就又是白天了，又恰好是正午。

渾沌

渾沌層層把心智包圍著，就像開了一個窗子一樣，一個清明的意象就映入心智想像之中。從各個不同的角度開，開一千次、一萬次！而心智無前後，無方向，都可想見。

「中央之帝為渾沌。」

——《莊子》

宇宙有多大？亙古有多久？這個世界是甚麼形狀？

人有形狀：有高低，有顏色，有前後、上下。

心智有形狀麼？有高低、大小、前後、上下、顏色、軟硬麼？

亙古有多久？未來有多遠？人的年月能有多少？心智的活動也有年限麼？

心智

心智沒有形狀。因為沒有形狀，也就沒有大小。所以連說它是小得不能再小，小得成了一個點兒，小得成了個小不丁點兒，都還太大。因為只要說它有大小，就已經把它說得太大了。

它與大小無關。

它祇有清明與不清明。

宇宙包容一切有形狀、有大小的東西。再也沒有一個東西比宇宙大，所以有的東西都在宇宙之內。

偏偏心智可以想見整個宇宙。宇宙若是不服氣就又長大了一點，心智就再想大一點，還是把它都想進去了！

從古以來，人的世界不知道長大、變化了多少回，心智都把它想見了。心智祇有想得清明與不清明，祇要它想，它就想見。

心智沒有眼，所以不是「看見」，是「想見」。

心智如果不活動、不思想；就不存在。

人有前後。眼睛就生在前頭。前面的東西，眼睛就看得見。背後的就看不見；要把身子轉過去，把後面變成前面，才看得見。

心智沒有前後，所以前後可以同時想見。

不但前後，就是上、下、左、右，無論甚麼方向，都可以同時想見。

亙古有多久，未來有多遠，心智都可以同時想見。

宇宙有多大？亙古有多久？這個世界是甚麼形狀？

心智在哪裏？

易卦

心智在無垠的渾沌之中，如迷如夢，又無休盡地要想穿這白濛濛的、把他圍繞著的渾沌。他同時想望上下、左右、前後。其實對他說是無所謂這上下、左右、前後的，如此說者，是因為人自己容易這樣想。

渾沌層層把心智包圍著，這層層白霧似的渾沌不斷地旋轉。有的地方霧濃些，有的地方淡些。偶然層層的淡的地方恰巧排在一起，那一刹那之間，渾沌就像開了一個窗子一樣，一個清明的意象就映入心智想像之中。一霎間，這些旋轉的層層白霧就把窗子關上了。至於是否稀薄就透明，誰也不知道，這樣也就是一種比方而已。

有時一個窗子因為開口的地方，或是所謂稀薄的霧層，排列得合宜，可以一直開著一個時間。有時連連一閃、一閃地開闔，有時久久不開，有時忽然整個開朗，光天化日，無微不顯。

那時心智就經歷了亙古稀有的正大絕頂智慧！

這樣經歷了多時，心智就明白在他與那清明的意象之間有這層層旋轉的白翳障，各層依了自己的方向旋轉，窗子的開闔也因之變化無窮。這本來是清明的意象因窗子的地位而變化；或是所見的觀點不同，或是時間不同。

意象便因之片片、斷斷，支離破碎。

太初的時候，意象與心智之間沒有白翳。心智不用費力，一切就都是清明的。人慢慢有了知識，有了偏見、好惡、恐懼、希求。晴朗的宇宙才變成渾沌。

心智才不得不無休無盡地辛勞！

以亙古的時間來衡量，自清明到渾沌才是一霎間事。

聖人把那白茫茫無窮的層次理解成六層。所謂六層並不是死板的六層，是不停在變化的。這樣，六層加上變化，也就可以勉強代表那無窮的層次了。不過這是很勉強的。

聖人要把這種渾沌的世界解釋給人聽，表示出來給人看，於是就畫了八卦，每卦三劃或陰或陽。重疊兩卦，就成了六十四卦易課。這也不是死板的六十四卦，這不過是以有限來表示無限的苦辦法。

每一易卦，上面的三劃叫做外卦，下面三劃叫做內卦，而且讀起來都是由下往上數，初學的人都覺得很不自然，講解起來也不容易說服聽者。

其實這六爻就是那包圍著心智的六層！初爻就是緊貼著心智的最近一層，二爻就是二層，一直到最外層，就是第六爻。要讀這六爻就正如心智由裏向外望一樣，一層一層穿出去。畫這六爻的次序也是同樣：自內而外。

不畫六層圈子，而畫六根橫線，或斷或整，自是省事辦法。其實就是畫六層圈子也不能表示六層球！如果真畫出六層球，就反把人留在外卦之外了！

易卦六爻的樣子，有點像切出的一片西瓜，一層又一層地，從裏到外。可是喫西瓜的時候不要忘記西瓜原來是圓的。

陽爻之不斷，不是因為它是烏煙一片；陰爻之兩分，也不是因為它開了一個窗。事實上與這正相反，斷與不斷都是符號，都是指示一種觀念。始終不斷是指一種純素，兩斷是指成分不一。窗子能不能貫串開通要看許多因素彼此響應，更看各層轉動的方向及速度。這事可以想望千千萬萬年也想望不盡！其美妙莊嚴也是不盡的。

宇宙本來是清明的，一直到今天對禽獸蟲魚說恐怕還是清明的。木石若有知，對木石說恐怕也是清明的。自從人類失去清明之後，聖人為了教人再去追求那失去的清明，才創出宇宙之初是渾沌的，要開闢天地，分辨清濁的說法。聖人這樣說也是因為人已習慣於各種知識及偏見，若是告訴他說宇宙之初是清明的，他聽了也不會相信。

於是心智就祇能想見一閃、一閃的意象了。

這一閃、一閃的意象是甚麼呢？是已發生的歷史？是可能的未來？抑是命定的未來，還是可能而未然的歷史？

就這樣，一千年、幾千年，一霎間、半霎間，那所謂窗子，就一次又一次地開了！從各個不同的角度開，開一千次、一萬次！而心智無前後，無方向，都可想見。每個意象祇是一片斷，而心智在一霎間即可想見前因後果，想見千古。

森林

從這個窗子裏這次想見甚麼？哎呀！一霎時的想像要用文字寫出來，再簡單也要寫半天！

在一個羣山環抱的一片肥沃的平原中央，有一座古老的宮堡。這裏沒有農田，沒有村落。這肥沃的平原上長著的是濃密高大的森林。

這宮堡因為當初設計得周密，用的材料好，建造得堅固，看來可以與天地同久。宮堡外圍繞著的護城河還是滿貯著清水，宮堡大門外的石橋邊上早已爬滿了長春籐。

門前石板鋪的地上丟著半截斷了的大鐵鑰匙，已經鏽蝕得成了一堆棕黃色的灰。門外坐在地上互相交岔，好像還是互相擁抱著的是兩付雪白的骷髏。

重逢

在一個羣山環抱的一片肥沃的平原中央，有一座雄偉的宮堡。護城河外已經聚集成了一個整齊的城鎮，居民都文雅善良，彬彬有禮。這都是因為這裏一位聖智的長者的訓導，及他一個冰雪聰明又美貌出眾的孫女所感化。他們聚集教養了這一邑子民為將來這個國度準備基礎。

這裏所有的居民都日日盼望一件事：他們盼望那位他們敬愛的、周遊列國出去求偶的王子快快回來，並且帶來他那位完美的王后。他們到了之後，他就取下拴在小屋門上的那把大鐵鑰匙，再打開那宮堡緊閉了多年的大門。這樣，這個采邑的子民就開始熱烈地慶祝一個國家的誕生。

果然！這天遠遠路上塵土揚起，不久，馬蹄聲也聽見了！大家出來夾道歡迎。馬蹄聲越來越快。王子一騎馬獨自歸來。他走遍了天下，才知道他心上一直戀愛著的是這智者的孫女！

她今年正是十七歲。

天女

三十三重天上有一羣天女在玩耍。她們最喜歡玩的遊戲是在天空中飛來飛去，一邊飛一邊散下芬芳的花朵。她們飛得完全不費力，可是快慢如意。她們可以在空中輕輕飄搖，也可以疾如閃電忽然去得無影無蹤。

她們散下的花朵落在世間就變成幸福，變成快樂。她們手中提著的花籃是永不空乏的。

地上有一匹得天獨厚的小花豹。他不是不快樂，牠也不是特別快樂。

天女們就心上特別惦念牠，天天把花整筐、整籃地往牠身上倒。牠還是也不快樂，也不特別快樂。

天女之中有一位獨特聰明的。她最喜歡編織，有時她一邊飛舞一邊兩手編織，而完全不散布花朵。有時她編織的是白羽裳，有時她編織的是白雲裳。不管她手中編織多忙，她足下踏了彩雲可以飛行得快過任何一位散花的天女。

她也很喜歡地下那匹荒唐的小花豹。

有一天，別的天女又在散花，她就悄悄下凡去了。不久，天女們還未停散花，她已經又回來，而且帶來了一匹可笑的小花豹。小花豹的尾巴豎直著，還戴著一個好看的用鳥獸彩色羽毛編織的網狀套子，套子頂尖上還有一個大白絨球。

天女們不散花的時候就都同小花豹玩耍。

洲島

創世的時候，各地的神祇都很忙。他們的手藝自是有高有低，用的材料也各自不同，要造的世界當然也彼此很不一樣。至於他們審美的觀念更是差別非常之大。

然而這都是人的看法，神祇們創造世界的時候，創造鳥獸萬物以及人類的時候都祇是為了創造而創造，又是很好玩、很快樂的。他們並不甚注意自己都創造了甚麼。忙碌的神祇們在海洋中造了許多洲島之後，就又去做別的事去了。不久他們就忘了他們所造的洲島，就像小孩子在海灘玩沙子那樣，玩完了走後，也忘了自己造的宮堡城池。神祇們就是這樣，而且自創世以來就如此未停。

這天海空上的天色將晚，天邊升起一個飛行的影子，影子是甚麼也不甚清楚。祇見他挾著一個美好的女孩，他們落在一個洲島上，又落在另一個洲島上，又落在另一個洲島上。然後就飛走不見了。

洲島上就繁殖了人羣。

藥翁

藥翁一生不知道減輕了多少病人的疾痛，救了多少人的性命。這天他自己知道已經衰老不久於人世了，他心上盤算怎麼為自己安排這兩件簡單的身後事。

他一生在旅途裏，在各地為人治病，隨身只有一個藥箱。這精緻的藥箱雖然舊了，也還值點錢，留在這個小店裏，他死後店家可以拿來抵他欠的店錢，或也可以拿去變賣、換錢，不愁沒有識貨的買主。

他心上最惦念的是這幾十年來，日日與他作伴、為他肩負藥箱，一同旅行、一同採藥的一隻猩猩。

「藥箱放在這裏了，」他對猩猩說：「你不要捨不得，自有人想要。最要緊的是你一定要走脫，不要被人鎖了牽去！祇要我還有一口氣，自沒有人敢來牽你。我若是斷了氣，你不要露出神色，祇是依舊看守著我。等到半夜，人都睡了，脫下我的長衫，自己穿上，戴上我的竹笠，連夜逃走，日日夜夜兼程趕回山上去！」

小城寂靜的街上，午夜沒有行人。旅店後院的馬廄裏有些驚動的聲響，牲口嘶叫了幾聲也就又不鬧了。忽然牆頭上出現了一個白衣竹笠的身影，他騎在牆瓦上左右探看了一下，就輕輕跳出牆來，沿了街，貼了牆，隱身在牆影子裏疾快地逃走。

琴韻

花園裏有一個大花廳。小王子在花廳中央一個方壇上坐著鼓琴，周圍靜聽的是十幾個美麗、聰明的女孩。這些女孩不但個個美麗，她們的母親也都是美麗的，祇有這樣家世的女孩才被選出來聽琴。

小王子九歲時由父王禮聘一位老法師來教導他。他依了父王的命令，捧了寶劍來求老法師授他劍法。老法師端詳了他一下，嘆了一口氣，沒有說甚麼，祇示意侍候的人抱來一張古琴，就教他操琴。

父王雖然很失望，但也就依隨他們，就在後花園造了這個花廳為他的孩子學琴用。可是花廳中央還是造了一個方壇，叫他在壇上學操琴，壇後面牆上懸著那把棄置不用了的分辨善惡的寶劍。

王子的琴技到了十五歲就已經很好了，多多少少美麗聰明的女孩都為他的琴聲而傾心。可是老法師知道這王子的琴裏沒有音樂的靈魂，因為不知道是甚麼緣故，王子這樣一表人品，就是沒有感情。

那些自作多情的女孩子們戀愛他，是因為她們把自己的感情灌注到王子的琴聲裏去了！老法師的耳朵就不同，他一聽就明白他學生的琴聲裏是沒有感情的成分的。因此，也可以說他的琴裏並沒有韻致。

不久以前，老法師出去雲遊、訪道，在一個旅店裏遇見一位老藥翁同一位有修行的老道士在下棋。他就去與他們攀談起來，就說到小王子的事。老藥翁就命他的猩猩把藥箱搬來，他一面與老法師談話，一面從藥箱的這個、那個小抽屜裏抓藥，放在一個碗裏。他右手還在下棋，左手就把藥搓成細末，有碗底那麼一小堆。他用一張白紙包了一個小包，就交給老法師。他說：

「先天的缺陷不是藥物能彌補的。你如果真要把你的學生造就成一位大音樂家，就把這一劑藥給他喫下，也許有些好處。」

這天小王子又在鼓琴，那些傾慕他的女孩子們又圍著聽。老法師聽了一陣之後，覺得他祇剩下一條路可走，就拿出藥來命令小王子喫下。小王子就從命用一杯水把藥送下去了。

小王子把藥喫下後沒有多少時候，他的操琴的手指就開始僵硬。大家連老法師在內，都驚駭得不知道怎麼好，就眼看著他兩手都漸漸慢下來，終於不能再撥一根弦了。再抬起眼來看他臉時，他已經變成一位老人。

在這一刻短暫的光陰裏，他已經不祇老了七十歲。他也輕輕易易，平平安安，渡過了人生情感的險濤。這年輕的王子因為沒有感情，就能以他的聰明、敏覺，及技巧、學識，把握住所有的感情靈性，他明智的臉上就輝映著藝術的喜悅。

這些傾心的女孩，以及聞報震驚趕來的父王與母后，甚至宮廷裏上上下下的官員，連花園裏的工匠，都忍不住守著他哀哭，因為他是大家最鍾愛的孩子。可是，誰也沒有辦法，老法師就等他們都哭得倦了，就勸他們且先散去。

這天夜裏他們師徒二人就一夜沒睡。小王子就製出自古以來沒有這麼動人的琴譜，他把這琴譜連指法都說出來，老法師就一邊記錄一邊連連點頭、讚嘆。

小王子譜的這曲調所表達的是人間至可寶貴的愛情。那些純潔女孩們對他的傾慕，他父母親對他的憐愛，所有宮中上下、全國內外，知道他的與不曾見過他的人，對他的關懷，這一切人自己都說不出來的真摯情感就完全為他譜進音樂裏去了。

到天明時，他的曲調快要完成了，他忽然覺得自己空虛得好像是一面明鏡。他那從來沒有經驗過人間感情的性格，就似乎平生第一次從這鏡子反映的影子裏嚐到了愛情的無限的變化，無窮的情調及迴蕩無止境的韻致。

沙漠

一個聰明清秀，也就是七、八歲的孩子在荒涼的沙漠地裏是做甚麼？他為甚麼穿著隆重的禮服？這幾個侍從的人為甚麼也穿著制服，帶了寶劍？這是個甚麼儀式？為甚麼只是孤零零地幾個人？

幾天以前有一個向沙漠裏浩浩蕩蕩開來的行伍，行伍到了秋狩的平野就停了下來。一個個紮好的帳篷上就飛揚著旗幟，營幕外就排列了兵器，駐紮的軍伍同馬匹圍繞成一個校場。這些趨走的軍職人等，這些吹奏唱和樂隊歌手，這些光彩的顏色，及埋鍋造飯發出的香氣就在這虛空沙漠的邊沿上幻化出一個人生的舞臺。

這天過午圍獵已經結束了。狩獲的飛禽走獸就都一隻隻陳列在校場上，也都由可汗的官員點收了。可汗就在校場上賜酒。筵席上，音樂聲中，武將們輪流到帳前來致賀，做出許多誇張的勇猛的樣子。平時他們若這樣，看來一定會覺得有些可笑。可是在今天這種喜慶的儀式裏，又加上那些顏色耀目的戎裝，他們那些帶了戲劇性的舉止，同稱頌的語句，也就好像很配合了。

隨營來看狩獵的宮女們平時是不許露面的，出巡的時候，規矩自然也就弛鬆些，但仍是要披了面紗、斗篷。現在在宴席上就可以爭著炫弄自己美豔的腰肢、容貌。一個宮女若是奉到可汗的命令為年輕的官佐斟酒，她就會殷勤地過去，一路上使出全身上下優美的體態；捧壺傾酒時，還用她那一雙秀眼，大膽地拋送風情。

可汗就喜歡看這些小趣劇，更喜歡看那個軍官拘窘不安，好像大禍臨頭的樣子。可汗就會豪邁地賞賜他狩獲的花紅。或是一隻獐子，或是一匹牡鹿。

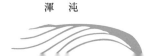

有時，竟賞給他那個捧壺的宮女。

在狩獵場上，可汗同官佐就都是同袍的年輕快樂的獵手了！年輕的武人是甚麼都可以分享的。

太陽西垂了，大家都有些醉意。

校場上馳馬、射箭、打靶子、摔跤的，衣冠都已不甚齊整，彼此打鬧追著跑的都有些東倒西歪。

校場邊上，可汗的鷹手們也都聚集在一起閑談，又一邊揩拭皮護腕上的塵土。鷂鷹們也似乎意會到幾日逐獵已經完畢，祇是在空中閑懶地兜圈子。

領管鷹手們的是一位年老的鷹師，他左臂裹著一個特別堅強的皮護腕。這護腕其實已經應該稱為護臂，它比一般調理鷂鷹用得都要大，都要厚，一直自手背伸上來，到了臂肘的地方還有活動的關節，然後再到了腋下才停止。皮子上刻了各種狩獵的圖案，圖案包圍的正中鏤出一隻黑色的大鵰撲向一隻鬣毛豐盛的獅子。獅子的兩眼是兩隻黃銅釘子釘在皮子上做成的，銅釘上細看就可以看見為鷹爪劃得縱橫的深紋。

這護臂正是為臂架老鷹師心愛的大鵰用的，這大鵰在圍獵之後自己又去追逐野物去了。老鷹師獨自在他的年輕弟子輩中來回巡走，威風凜凜地，又還帶著莊嚴的笑容。空著的左臂還是平抬著，就像他的大鵰隨時就要落上那樣。皮護臂上垂著的金鍊子有小指那麼粗細，就一閃、一閃地閑閑擺動著。

這是秋獵結束後大家都愛看的一幕慣常的情景。老鷹師總是在這時候再放出他的大鵰，去任牠自由攫取一隻野獸自喫。打圍的時候別的鷂鷹都是捉到一隻小鳥、小獸，立了點功勞，回到鷹手的臂上，鷹手就餵他們一塊肉喫。老鷹師雖然不贊成這種通行的辦法，但是對普通打獵用的鷂鷹，這種辦法是可以行的。再說，他那種訓練特別有靈性鷂鷹的方法在普通鷂鷹的身上也用不上。

鵰鷹是一種特別兇悍又殘忍的鳥，力量又大、性子又躁。但是這些天性並不掩蔽牠的靈性，老鷹師要馴養的就是這隻大鵰的靈性。

老鷹師的大鵰狩獵的時候不喫東西，牠殺得性起一天不喫都不餓。抓來一個野物，飛回來丟下，眼巴巴又望著天邊別的獵物，展翼，就又飛去了。她爪尖上滴下來的鮮美的獸血，獵犬就搶著舐食。牠自己從不想喫。

牠遵了老鷹師的命令把活捉的獵物呈送給可汗的時候，全校場都不捨地欣羨牠那英武的姿態。牠那特別壯健的兩腿就直垂著，腿上的毛在風裏震抖。牠強大的爪子偏偏會抓得輕，爪子裏的小獸一點疼痛懼怕的樣子都沒有，被牠抓著送來還睜著眼睛一路四處張望，完全不明白自己怎麼會在天空飛。

大鵰就慢慢下來了，人人就都看得清清楚楚，牠就在一片彩聲裏展足了兩個大翅膀向前拍著，兜住風，落在可汗帳門外離地五、六尺的空中，輕輕把小獸放下。這時反而呆了的小獸就落在地上，還是四足站著的！

就在地上揚起的一片沙土中，大鵰已急速又升到上空了。

就這樣，老鷹師的大鵰，就痛快、盡興地打一天獵。

慶功宴的時候，老鷹師就放牠飛去隨意挑一個野禽、野獸，攫取來喫。這獵物牠就帶回到校場邊上，兇殘地、又貪婪地喫。牠的眼睛裏就露出猜忌的狡猾，生怕別的鷹犬會來爭食，牠又用翅膀，身子左遮、右掩，不許任何人走近了牠的獵物。

其實，誰都早喫飽了，才不希罕喫牠的！可是這都是大鵰的天性，大家也都愛看。

大鵬回來了！牠飛近了，大家才看見牠爪中捉住的是一隻非常、非常美麗的小黃羊。這小黃羊的光澤的毛，靈活的眼睛同轉動的耳朵，細小的四條腿，纖白的四蹄都是從來未有的。大家就高聲喝起采來。

可汗這一次打圍就是沒有得到一隻小黃羊。他正要罷宴起身，扶了宮女回帳去，聽見了采聲就向校場這邊看。他立刻愛上了這隻小黃羊。

「拿來！拿來！」他招著手說。「不要傷了牠！拿來！拿來！」

老鷹師是不能向他的大鵬討回這隻小黃羊的！他是不能做這樣事的。他就祇看著大鵬，觀察牠的意向。

平時，牠把獵物展示一下以後就猛地撲殺了，就開始喫。今天牠祇站在地上，一爪把那小黃羊按倒，並沒有傷牠。

老鷹師就命令牠把小黃羊獻給可汗。

「拿來，拿來！」可汗又喊。滿場的人都害怕起來了。誰也知道可汗出令是從來不重複的。每發一令，大家都忙不迭地去執行。

饑餓的大鵰遲疑了一下，就要去撲殺那小黃羊了。忽然：

「叮——叮！」一聲響。

老鷹師從來不曾用猛扯腿鍊的辦法懲罰過他的大鵰，他也從來不曾向他的大鵰發出過牠不能遵行的命令，他更不能讓一個命令發出去不為他的大雕所遵行。

違反了可汗的命令是會被砍頭的，但是人生總有一死，這個他不怕。他是一位鷹師，他不願死了還留下一個沒有把他的鵰鷹教好的名。他要這大鵰把小黃羊背了牠的天性，及與牠的主人的契約，給可汗獻上。他並不是因為怕可汗砍他的頭，這一點他知道全場的人，連可汗在內都不能明白。尤其是可汗，恐怕最不明白。但是他希望這大鵰明白。

因此，他才又用手震撼那金腿鍊一下「叮——嚀！」

大鵰雖從未被用扯腿鍊的辦法懲罰過，可是牠天天看見別的鷹受到這樣的恥辱，牠自是明白老鷹師扯金鍊作聲的用意。牠心上不痛快可是也感激，牠就慢慢地撲扇著那巨大的黑翼，把小黃羊給可汗送去了。

老鷹師眼中就晶瑩地充滿了淚水。

大鵰升起在夕陽西下後的夜空裏盤旋了一會。在暗中覓食不是鵰鷹做的事，而且四野也沒有野獸了。牠心上憤怒未平，但是無可奈何，也就滑翔下來回到牠主人臂上。

老鷹師早已暗暗許下願。他在無人察覺中已經把那皮護臂取下來了。

大鵰落在老鷹師臂上時，牠那巨大的身軀，加上速度就有幾十斤重，兩爪又尖，一下就撕下老鷹師一塊肉來。牠自己也差一點跌在地上。

大鵰再升起時，看見老鷹師向牠慈愛地笑著。左臂連衣服撕下的一大塊肉還抓在自己的爪子裏，牠猛低頭看見順了爪子向下滴著不停的鮮血。

牠忽然變瘋狂了。牠把肉連衣服放進嘴裏就又撲下來，一隻大翅膀搏倒老鷹師，一隻爪就連頭帶眼睛深深鉤住，其快無比已經撕下好幾塊肉。

衛士們一擁上來，揮劍要斬那大鵰。大鵰更不明白了。但是情勢太緊急，祇好放棄了主人為牠準備的晚餐，又怨恨、又迷惑地飛走了。

老鷹師伸出了右手，要撫摸牠一下，但是沒有來得及。他臨死時心上希望，他與他的大鵰彼此還是深深了解的。

這沙漠邊緣上已經沒有帳幕了。那個富麗的行伍已經回去。三、五個官佐，帶了一個七、八歲清秀的小孩，穿著喪禮的服裝，來收他父親的屍首。

太極

汪洋上有一個航海手，他同時間的老人在小船上閑談欣賞了許許多多故事。這些故事之外又有千千萬萬，或然，未然，未必然的可能。他們就閑閑地比較、討論。

不但這一個故事裏的花廳有點像另一個故事裏的花廳，而且那個故事裏的花廳又有些像又另外一個故事裏的書房。

老道士有點像老法師，老法師又像那有學問的老祖父，老祖父又有點像是那位藥翁。大家又多少令人想起那老猩猩。

航海手和老人彼此看看，也覺得彼此竟也長得差不多。

年輕的鷹師、王子、花豹、小蓓蕾也都合成一個意象。

他們的思念就合在一起，他們繼續在想。他們不用談話，因為他們已經合成一個人了。

他們就非常惦念那個小蓓蕾。他們就想見那個幽谷裏這一季的花都已開完了，枯萎了的花朵一個一個也都落在地上，又歸還到泥土裏了。那個未開花的小蓓蕾因為沒有開，也就沒有落，直到季節終了，才同最後枯萎的花一同回歸到泥壞裏。

「花落到土裏，」他們想：「我們在汪洋上，落在甚麼地方？」

他們就向下望。

下面哪裏有汪洋！這一片大水也不知道在甚麼時候已經沒有了！

他們再看船，船也沒有了。

他們祇是在太空裏浮沉。

他們正害怕自己也會變沒有了，正不敢看自己的手足。這時空中來了一個耍弄一黃一白，兩個大球的小孩。

小孩滿心歡喜，滿臉高興地笑著，把兩個大球一齊向他們扔過來。他們躲也躲不及，眼睛都耀花了。

在這極頂光明裏，上無天空，下無海水，中間也沒有了自己。

不成人子

山魈並不是要傷人，他們是要想修煉成人的。修成人形很難，人的身體不容易模仿，他們有計畫地來找人談談話，借人口中的一股氣，真正變成了人。變成人的，有的專做害人的事，有的竟比生來就是人的還更有人性、還更和善。

生而為人，是很幸運的事。要常常記住自己難得的機遇，珍惜這可寶貴的身世，也要常常想念著那些不得生為人子的萬眾生靈。

不成人子的故事很多，現在祇講一件魑魅魍魎的傳說為《人子》作個小結束。

吉林省有的是荒野無人的深山，山下四野又多古老的森林。走長途的人，尤其是走夜路的，常常遇上山魈鬼怪、魑魅魍魎，都是木、石、禽、獸變的。這些有靈、無靈的東西都想修成人，修的年代長短不一，至少也要幾百年，上千年也是常事。生而為人的再也不會想到要修煉成人有這麼難！

在吉林長白山一帶常見的多半是獾子、貉子、貂鼠、野豬變的。再大的動物像熊、虎變的就少了，可也不是沒有。

這一帶因為人煙稀少，路程遙遠，出門都是坐大木排子車。這種兩個木輪子的長車至少要兩、三匹馬來拉，多了有用四、五匹馬的。用的馬若是在三匹以上，就要套上一匹老馬，遠遠在前面領著拉車、帶路。

車上可以坐好幾位客人，人的多少自然也看載貨輕重才能定。車輕的時候，路若不是太上山、下山，可以跑得很快。顛著跑著，拍拍地響，一天可以跑一百三、四十里。不過車上人的骨頭也就顛酥了，下了車，兩條腿站不起來，一定要休息半天才能勉強走路。

坐車雖然辛苦，但是走路不但慢、危險又多。趕車的人若在路上遇見行人，慣常都是邀他上車同行，路上也有個伴，若是遇上鬼怪，人多勢壯，他們也不太敢來侵犯。坐車走長路的常常要到夜晚還趕不到站，那時候山林裏的鬼怪膽子就大些了，他們或是單個，或是一羣常常遠遠地跟了車子走，或是從一棵樹後面竄到另外一棵樹後面，一路跟著瞧望車上的人。

這些山魈並不是要傷人，他們是要想修煉成人的。這裏人口這麼稀少，多少日子才看見一個過路的，他們要仔細看，好跟人學樣兒。看儘管看，學儘管學，修煉了幾百年也還不成個人形，只是能用後腿站了起來，走路一晃、一晃地，自以為已經很有人樣兒了。東北人，不祇吉林一省，都管修到這一地步的鬼怪叫「蹩犢子」，是一種咒罵的話。鬼怪被這樣咒一句，就咒掉幾十年的苦修行。

修成人形固然很難，修到可以輕身飛走，可以隱形令人看不見，都比人形容易。人的身體不容易模仿，可是人的語言他們努力學些時就能夠和人交談。就像鸚鵡跟八哥那樣。

因為這個緣故，趕車的人在路上要特別小心。蹩犢子們需要人親口贊許，才能通過最後一關，才能變成人。與他們對話的人說他像什麼，他們藉了這一句話就可以變成甚麼，他們就是要借人說話吐出來的這一口氣才能得道。在荒山裏遇見獨自行路的客人常常都不是人，是蹩犢子，穿了厚皮袍子低低地戴了頂大帽子，遮了大半個臉。在冷風大雪裏，眼睛凍得淚水都結成冰珠，趕車的人看也看不清，就邀他上車同行，也不想想這樣深山裏從哪裏來的過路人？

是蹩犢子也好，一路談談，破破寂寞。趕車的就大聲吆喝著馬，在空中高高地揮他的鞭子，劈劈拍拍地響。馬知道主人不害怕，也就不害怕了，何況又是白天！也輕快地跑著。

有的蹩犢子來找人就是為了要找機會談談話，談了一段路或是告辭下車走了，或是應答不上來，害怕露了底細，就化成一陣清風，去個無影無蹤。這時候趕車人也不在意，把鞭子在空中兜幾下，響幾聲，跟放鞭炮一樣，去去鬼怪的陰氣，並且大聲跟自己的馬匹說：

「我早就看出他是個蹩犢子！可是我一個人趕路，也願意找一個伴談談。」

馬匹也就高興地搖著頭上頂著、項下懸著的銅鈴，叮叮噹噹，又嘩啦、嘩啦地響著回答，高興地還跳起來，踢幾下，抖一個蹩子。

準備得很好的精怪，就行徑又不一樣。他們有計畫地來借人口中這一股氣。趕車人若是遇上一個這樣的，看他裝束神氣都很高明，說話也自然流利，就可能把他當作人來結伴。若是在談話中說一句：「您長得真像我老家裏一位叔叔一樣！」「謝謝您這一句話！」這精怪就會馬上接上口：「多謝、多謝，我永也不會忘了您的大恩！」他說完就興高采烈地告辭走了。從此他就真可以有一個如趕車人叔叔的形體，真正變成了人。就這樣變成人的親戚、朋友的不知多少。變成人的有的專做害人的事，有的竟比生來就是人的還更有人性、還更和善。

夜晚行路時遇見的就又是一樣，多半真是三分像人，七分像鬼。甚至有的簡直不像話，也想藉了黑夜、看不清楚來冒充。不等他們走近，馬匹就先害怕了。馬若是知道來了陰魂、鬼怪，害人而又為人眼看不見的東西，就會吐長氣，恐懼不寧，把鼻孔放得很大，嘴唇也翻起來：

「兔——吐！兔——吐！兔——吐！」

一匹馬這樣出聲音，別的馬就也發覺了，大家就都「兔——吐」起來，驚慌起來。趕車人就要立刻拿出他所有的本領來駕馭，否則一下慢了，馬匹先驚跑起來，黑夜裏在這種難走，樹又多的路上，撞上石頭、撞上樹，或是翻了車、或是傷了人。

所以夜晚駕車的人無論多寂寞，也少有敢邀陌生的人形上車來的，祇想快快加鞭、早早趕到宿店。馬跑了起來，車座下面懸著一路搖擺的紅布燈籠就照著旋轉的車輪，又在地上投射著零亂的馬腿奔馳的黑影子，穿了森林快走。森林暗處大大、小小的驚犢子，就繞了樹，一齊追著跑。

趕車的人在黑夜裏就對他們沒有好氣性。馬也害怕，就不停地吐氣。

就在長白山下，從前住著一位健壯的老太太。老太太特別會趕車，還專門愛趕夜路。不要人作伴，自己也從不害怕。

她經常駕一輛五匹馬的大排子車，座下掛一雙紅布燈籠，一邊一個。老太太前面兩對馬，前後並排地套著。遠遠領先的是她寶愛的一匹老黑馬，又高又大，頭上大紅纓子裏頂著一個悅耳響亮的銅鈴。

老太太的鞭子又長，打得又準。她的鞭子可不是抽馬用的。她的馬不用抽，因為他們都明白老太太的意思。白天趕路的時候，若是有馬蠅子來咬她的馬了，她就用鞭子揮過去，抽個正著。就是蠅子落在她前面遠遠的大黑馬耳朵上，足足離她有五十多尺遠，她一鞭子抽過去，再猛回手一帶，那鞭梢就把那馬蠅打死，彈到地上，還在空中清脆的響一聲。那聲音就像松枝在火中爆烈一樣。大黑馬的耳朵就撲扇撲扇兩三下，謝謝老太太，它頭上的鈴聲也隨著急驟地多丁零兩三聲。

這一帶的店家都知道這鈴聲。老太太趕夜路的時候，他們遠遠聽見老太太的車穿出深夜，走出森林來了，就會出店來預備迎接。

問候老太太與問候別的趕車人不同，不用像安慰別的人那樣問路上有甚麼驚險，斟酒給他們壓驚。老太太從來不受驚，也不喝酒。她從車上跳下來，走路也很自如。問候的人第一總是要問這一趟路上見的蹩犢子怎麼樣？老太太總是謙虛地說：

「那裏！那裏！」

其實老太太駕起車來走夜路是很有英雄氣概的。別看她這份鄉下老太太的樣子：穿了厚棉褲、紮了腿帶、駕車時腳不垂在車外，只是把青布鞋裏的腳提起來，盤腿坐在車前。拿了鞭子的手一舉，無論車上裝的貨多重，她出車都是又慢又平穩，就像滑著起始一樣。

等到她離開村店遠了，入了林子，不久就知道到處都有蹩犢子等著了，她才露出廣大法力來。

她的大黑馬先「兔——吐！」「兔——吐！」地冒氣。別的馬也都像上陣的兵士一樣，精神抖擻起來小心拖車。老太太也響幾下鞭子表示知道了，她就緩轡，由著馬慢慢地跑，自己盤了腿坐在那裏四面觀看，像一個大將臨陣視察形勢。車上一對紅布燈籠也威武地搖擺著。

藏在黑影裏、你推我擠的大大小小的蹩犢子就多極了。他們都認識老太太，擠著追著跑了一陣就有忍不住的了。

「老太太、老太太，您好！」從路前一棵樹後繞出來了一個二、三尺高的。牠用足尖，退著跑，為的是要燈光照在牠臉上，好讓老太太看得見：「老太太、老太太、您看我像個甚麼？」

老太太也就藉了燈光認真地打量一陣，原來牠是一隻小熊。上次從這裏過，牠走路還很沒有樣子，現在已經可以立起來退著用兩條腿跑了！看牠兩隻前爪在空中那樣招著，下面兩隻腳腳尖踮起急速倒換著向後跑，好幾次差一點沒有跟老太太的馬撞在一起！

老太太就心愛牠，就要幫牠一個忙：「你真是一個小乖熊！已經跑得很有一個小孩子的樣子！再練練下次再給我看！」

「謝謝您，謝謝老太太！」那小熊若是再得不到老太太一句話就會跑不了那麼久，要倒下來用四隻腳爬了！老太太說牠已經很有樣子，這一句誇獎可抵五、六十年修煉。小熊高興地謝了，反倒真的四隻腳落了地一跳一跳地跑回森林黑暗的地方去趕緊休息、休息。黑影裏就傳出一片歡喜、說笑的聲音。

燈影裏又跳進一隻玃子。

「老太太、老太太您看我像個甚麼？」

老太太看牠還是一個十足的玃子。想站也站不起來，退著跑也不會。只能從車後追到車前，才回過頭來問一句話，就又被車子落在後面了！急得牠像跟人的小狗一樣，在腳下來回的轉。

「我看你甚麼也不像！別這麼著急！」

因為老太太的口氣還是愛惜的，這個玃子的修行也至少進步了十年。

話才說完，前面遠處燈光剛照及的地方出現了一個小老頭兒，穿了衣服戴了帽子，帽子底下露著兩隻小眼睛，又尖、又亮。他獨自在那裏站著，沒有誰跟他在一起。

大黑馬一驚，連吐氣都來不及，就站住了，後面的兩對馬幾乎沒有跟牠撞上。

老太太一看就知道這是個黃鼠狼變的壞東西，牠恐怕已經修了一千年了！當初做黃鼠狼時就又貪又狠，修行以來，還是照樣兇殘。憑了修來的法力，待這一帶山林的鳥獸都不好，只知橫行霸道。

牠的服裝、言語、姿勢都很成熟，牠自信老太太一定看得出，也能欣賞牠的本領：

「老太太，您大老遠地來，路上辛苦了罷！我這個鄉下小土老兒給您請安！」

老太太把韁繩輕輕抖一抖，大黑馬就開始帶隊，其餘四匹馬就把車拉起來，慢慢向前走。

老太太用眼盯著看著牠，牠也盯著看著老太太。樹林裏都安靜下來，祇有怕落在別人後面看不見的小鱉犢子們還在移動，想找個空，好鑽出頭來看時，踩了地下的松枝，偶然出一聲響。

這黃鼠狼化的小老頭進了車燈照明的距離了。

忽然「劈——拍！」一聲大響，老太太飛快打出一鞭子去，打得又準又有力量，把小老頭兒戴的帽子打飛到半天空。帽子底下露出褐黃色亮油油的毛，同兩隻老鼠耳朵。

「什麼鄉下土老兒！我看你還是個老癟犢子！永遠是個癟犢子！」

「吱——吱！」黃鼠狼哭著罵著，竄回深山裏去了。老太太一鞭子抽去了它一、二百年的道行。

每次老太太走夜路都要獨行就是因為這個：她幫助好心的、有人性的動物從魑魅魍魎變成人，也偶爾一鞭子把那不配做人的打成永遠的癟犢子。

最純潔的快樂

《人子》故事寫到最後幾篇的時候，《中國時報》同遠景出版社的朋友都要我寫一篇長一點的後記，敘述一下這次又發表文藝作品的經過。我自己也希望在出單行本的時候，把連載時不宜插入的篇名來源，及引語註釋再印出來。但是我考慮多時之後，還是決定都留待將來有機會才詳談。這時祇先略略說一下好讓這本小書簡單、樸素、本色地到讀者面前。

《人子》故事在這個時候能以美麗的中國文字先同讀者見面，實在是一件偶然又偶然的事。為了這個緣故我希望在這裏先謝謝幾位鼓勵、督促、協助辦成這件事的前輩，同朋友。

《未央歌》出版之後，我雖然還常常寫作，但是十幾年來用英文發表的時候多，用中文發表的時候很少。這時期全仗王雲五老伯接受了《未央歌》由臺灣商務印書館再出版發行，又承馬壽華老伯為我辦妥著作權等法律手續，讀者才又有這書可看，我也才知道這本書還很有人看。因此，我這對讀者感激的心情實在是我又用中文發表作品的主要動力。現在不但《未央歌》要出第十一版了，這次發表《人子》的故事也全是因為幾位愛好《未央歌》的年輕朋友的慫恿同支持。

去年秋天又因為做研究到了臺灣幾天，《中國時報》的高信疆同邱秀文幾乎每天都來同我談再用中文發表文藝作品的事。那時我心上正有一部中長篇小說描寫在紊亂的國際情況下，個人與個人之間萌芽發展的一種和善又明朗的友誼與情誼，書名暫定為：「六本木物語」，用英文寫，並且已經有一家很有聲望的文藝經紀公司出給我一個合同。但是在與信疆同秀文的談話中我意識到一種前此未發現新的文藝事業的精神同活力，於是他們說服我應該先把六本木用中文寫出來，交他們發表。

旅行的時候，心境輕鬆，容易允諾，我就答應試一試。

回來之後，先忙功課，寒假來了，居然就開始寫。不但把故事的穿插改了許多地方，並且在文字方面還特別著重與中國舊文學傳統的關係。寫了幾萬字之後覺得有點希望，就告訴信疆夏天可以有稿子。

開學以後，又忙起來，六本木一直沒有能好好地再接著寫。零零碎碎所寫的幾千字文不中看。到了二月底三月初，信疆要提前用稿子。我一來要爭取時間，二來也正要為《未央歌》與「六本木」之間換場，我們就在越洋電話上商量好把《人子》故事先用中文寫出來擋一陣。

《人子》故事那時所想的只有七、八篇。這七、八篇中〈汪洋〉原稿早遺失了，〈幽谷〉寫過一次，也是三十多年前的事，其餘的都是中、英文攙雜的筆記。比較成形的如〈人子〉、〈宮堡〉、〈鷂鷹〉，都是原意要用英文發表的，所以改用中文動起筆來也不容易。這期間經信疆、秀文不斷催促，要我快寫，否則《中國時報》副刊上就要開天窗。開天窗這個說法我在那以前還沒有聽見過，但是很容易想見那可怕的樣子！於是我春假在東岸講演之後就由我年輕的朋友麥克勞芙侖夫婦把我藏在他們家裏埋頭日夜工作，九天之內寫了前四篇及〈不成人子〉，這樣才把全書格局定了出來。有些舊有材料因為與這個格局章法不合宜只有不用，放在一邊也許有一天再寫一本「人子外篇」。有了章法就可以再往裏面加新材料，〈明還〉、〈獸言〉，及〈渾沌〉中的沙漠等都是為這個章法新造出來的。新情節想好了，我總是先講給慕蓮聽，她就盡力招呼著我，好叫我快寫。

信疆收到這一部分稿子以後來電話報告他及幾位朋友看過後的反響，很鼓勵我。這樣我才真歡歡喜喜地一路寫下去。後來這前四篇自五月九日起開始連載，我也已開始暑假，才不怕間斷。

我在這裏還要向別的出版家道謝及道歉。《人子》在《中國時報》刊出的第一天就有兩家出版社來信商議出單行本。我事先又已把發表《人子》的事報告給王雲五老伯，徵求他的意見。因為《人子》所得的反響這麼熱烈，我倒不知道怎麼辦了。

遠景出版社的沈登恩經信疆介紹，提出了很詳盡的排印、設計、出版、發行的辦法。在來信中又再三表示支持、鼓勵青年人創業的重要。我們雖然至今尚未會面，但是在幾次電話及來信裏覺得登恩做事有條理、有魄力，又有理想，很願與他共事。我把《人子》交給遠景出版，也徵得王雲五老伯同情提倡青年企業，我心上十分感激。這本書到了讀者手裏，我想印刷、設計各方面一定都是上乘。

最滿意的還是在大家努力要把事情做好的這個快樂的經驗裏。《人子》刊出以來我接到很多信，這裏面的情誼、學問、一本書也報答不完，我都先在這裏衷誠地道謝。前天剛又收到登恩一封信，裏面有一段：「為了《人子》的出版，高信疆兄最近常來遠景，大家一起看稿子，覺得很快樂。」

這樣純潔的快樂，這樣在年輕、事業開始時就能嚐到！這個味道多麼美！讓我把這快樂拿來分給所有關切、鼓勵《人子》的朋友，來表示我的謝意！

一九七四年八月廿六日子時

● 編者註

本書已於二〇〇六年二月，由鹿橋之子吳昭屏授於臺灣商務印書館出版《鹿橋全集》，為使讀者了解《人子》出版經過，鹿橋所撰〈後記〉予以保留以示尊重。

附錄

二〇二二年，正逢臺灣商務印書館創立七十五週年慶典，藉此良機推出《人子》紀念版。我們特別精選三篇各有風格的專家學者評論，收錄於正文之後。此三篇評論或不見得為作者鹿橋在初寫《人子》之初的想法和用意，唯希冀讀者在讀完全書後，藉由名家的拋磚引玉也能更深層地思索故事中的寓意。

正如鹿橋在〈前言〉所說，「永恆是靜的。靜中又蘊藏著無限的動的可能」。寓言故事的魅力在於同樣的故事，經過不同的人咀嚼，會產生出不同的意義。我們希望你也能從頭細細品味，屬於自己的《人子》故事。

臺灣商務印書館編輯部 謹致

名家讀人子

談《人子》[1]

周夢蝶 講[2]
應鳳凰 記錄整理[3]

前言

幾個朋友曾和周夢蝶開玩笑，要他開一個「《人子》講座」。一來，朋友聚會時談談《人子》，實在是一件愉快的事；二來，周公善於「閒談」——只要氣氛不錯，情緒也好，周公談詩詞或文學，獨到深入，確實很令聽者人迷，欲罷不能。剛好逢《人子》出書，我們路經武昌街時，問他：

——《人子》怎樣？

——好。

——怎麼好法？

——有空我慢慢講給你聽。

下面便是周公講《人子》時，我陸陸續續做下來的紀錄。因為是隨手記的，沒有錄音，語氣也就無法傳真，但內容大致是不差的。

關於《人子》

有的人讀了《人子》之後很喜歡，也有很多人看了以後，覺得不喜歡。這些情況各有他們的道理。

如果純粹就小說藝術來看，《人子》並不是很完美的文學作品，好的小說，雖然情節我們早已知道了，但還是想看，因為小說本身有吸引力。《人子》的好處，不在小說的結構或形式，也不在文字之間，而在作者藉故事以表現的哲理。我們可以把它

1 選自項青編著《見仁見智談《人子》》。臺北：廣城出版社，一九七五年十月印行。

2 周夢蝶（一九二〇～二〇一四），本名周起述，河南淅川人，詩人。

3 筆名項青，發表文章時為中央銀行職員，二〇一六年從臺北教育大學臺灣文化研究所教授職位退休，回到整理臺灣文學史料的興趣愛好上。

當作寓言小說或哲理小說來讀，因為它的美，全是從文章裡的寓言或哲理表現出來。喜歡讀《人子》的人，或許是讀了太多文字意象濃厚的東西之後，反覺得這樣的作品很清新、很特別。就像吃了太多油膩的東西以後，特別喜歡新鮮的小菜。

《人子》的文字，流利清暢，「辭達而已」。它是求真先於求美的——想法本身美，形式上，並不刻意雕琢。從作品的表現中看，可知作者是有相當的哲學與宗教修養的。如果說詩有兩種，一種是言志的，一種是載道的，《人子》屬於後者。它太重視「本質」，於是「外表」就忽略了，說不定作者認為：文字上的雕琢，對這樣的作品反是一種妨害。事實上，古今中外的大文學作品，形式與內容全用了大工夫，互相並不妨害。好的文學作品，我們總希望它有滋味，又吃得飽；換句話說：我們理想中的文學作品，應是看著又能美妙動人，吃了又能從中獲得養分，魚與熊掌兼備，才能流傳千古。

從《人子》的〈前言〉裡，可以知道作者的寫作過程是很快樂的：

《人子》寫到最後幾篇時，我心上越來越清楚這一段美好的寫作生活要告一段落了，便越來越捨不得收束。

心裡有話說，就把他說出來，自然是一種快樂。還有一句，說：「我不但寫的時候沒有想這懂不懂的問題，到現在自己也未必真懂得都說了些什麼。」這也是老實話。老子說：「言者不知，知者不言」，有許多境界，你真的站到那情況之中，反倒不想說話了，所謂「言者不知之言」。是以作者說他也未必「真懂得」都說了些什麼，我們相信他並非故作謙虛之言。

今天，我動筆要把近四十年來，斷斷續續構想的一串兒寓言式的小故事寫下來時，我不僅懷想那時的師長，……更無一刻不惦念這光輝無限的文化的命運。

〈原序〉中，這句話很重要，包括了作者寫作《人子》的動機與過程，內容和形式。書裡，充滿的都是「小故事」，寓言式的小故事。而作者寫作時，心裡惦念的，卻是——光輝無限的，文化的命運。

汪洋

〈汪洋〉一篇，是智慧與經驗的融合。

從青年到壯年，從壯年到老年，這中間有種種成長的過程。青年時，憑著自己的聰明才智，覺得天下之事，沒有一件是達不到的。而到了老年，想法便有很大的不同。舉一個例子：曾有一位青年人，他總以為，只要有了聰明，便可成大功立大業；等他中年以後，他的見解修正了，他認為要「聰明與笨拙結合」，要加上傻勁，流血流汗，才能成功，光有聰明是不夠的。一旦到老年，他想法又變了：以為光要「笨拙」才能成功，有了聰明，反是障礙，反而一事無成了。

> 向一個方位走得時間越長，距相反方向的港口也就越遠了！就這樣，他又從壯年航行到衰老。

第二十到二一頁的中間二段，寫的全是航行的過程。

青年，而壯年，而老年。走了長長的一段，雖然沒有成功，但卻得到了「智慧」。

中年以後，知道世界的一切知識行為，只有相對沒有絕對的：「守法的對面一定是犯罪，法官、律師的對面一定強盜、小偷！他們之中到底誰是真正誠實的，倒很難說！」（頁二二一）他現在已覺得沒有奔向任何一個港口的必要——他不想「得」的時候，反而有所「得」了，因為他已經知道：不奔向任何一個港口實在是一個積極的態度。

> 他的生涯在水上，海洋是他的家，港口不是。此後不再想港口了。在思想上他也拋棄了航海的儀器，接受一個新解悟。歷史、時間、古往、今來都與他同在。（頁二二二～二二三）

「在思想上」這四個字很重要。

慈祥的老者教他抬起一條腿來，兩人同時一舉足，就從時間的領域裏邁步走了出來。他簡直不能相信這新自由的無限美妙，及這永恆境界的無限莊嚴！（頁二三）

能從時間的領域裡，邁步走了出來——在思想上，他已經能「超脫」而不受時間的桎梏。

從佛家的境界中來講，他已經能擺脫眾生疾苦的滾滾紅塵，能放下剎那生滅的名利追逐，而到達無牽無掛的「羅漢境界」。而羅漢是「小乘」。小乘只能自渡，他們卻不渡人。他們自己脫離了塵苦，只管自己享福。

鹿橋在〈汪洋〉裡所顯示的，頂多是個有思想的文學家，或者說，他是有心人，是哲學家。「兩人同時一舉足，就從時間的領域裏邁步走了出來」，他們但止於此，並沒有再投進來，他們享受到自由世界的無限美妙，便不願再回頭。

這比「大菩薩」的境界差了一點點——「大乘」的境界是要自渡渡人的。他們在永恆境界的無限莊嚴裡，還想到尚有千千萬萬的人，未能解脫，未能達到「自由美妙」的彼岸，所以他們還要走進疾苦的世界裡去——去引渡眾生。

佛家的慈悲是在能「出世」，亦能「入世」。能夠出世間，又能入世間，才是真正菩薩境界。能夠丟棄「羅盤、航海圖、帆」種種，與汪洋合為一體，此項超脫固然不易，在汪洋的無限自由裡，更能向眾生引渡，尤為困難。〈汪洋〉的終篇，只是「與這位慈祥的長者……沉默地一同欣賞這些景象、經驗，同故事」。站在彼岸看世間——畢竟是「小乘境界」的悠然。

幽谷

〈幽谷〉的重點在後半部。

〈幽谷〉中的一大片花草在開花之前的熱烈興奮，占了文中的大部分，充塞著一片生機與創造活力。整個故事卻很隱晦，故事本身要表達的線索很細，細到幾乎看不見。

故事裡，主人公的周圍環境，是在曠野，又是靜夜——萬籟無聲之際，最易啟發偉大的思想。「靜是聽覺的透明狀態」，多少偉大的哲理，都是思想家在面對天地的浩壯與靜默的沉思之中得到的；例如釋迦牟尼在菩提樹下的頓悟。

〈幽谷〉中有成千成萬的小花。各種「花」，代表萬法。每一朵花，只是萬法中之一法，只是一面，或稱「一相」。〈幽谷〉之中，最後那一朵「沒有開就枯萎了」的小花，乃是「隨拈一花（法），以概其餘」。

第三三頁裡，這朵小花有一句話，特別不可忽略的，她說：「在這麼一個顏色熱鬧的花叢裏，我最好開一朵素淨的花。」這正代表這朵花的思想。「她祇自己靜默地苦思着」，但時間太緊迫，又不能太冒險，她終於決定開一朵「素淨」的花。

開花代表一種成就。成就有大有小，有善有惡；成就大的，影響的人會更多，反則少些。善的成就，如聖賢的立功立德，有善的影響；惡的成就，如野心家的「一世之雄也」，便有了惡的影響。

小花最終的決定是：沒有開。她不肯匆匆忙忙選擇，足見她並不潦草。

她選擇了「不開花」是自決的。開了反而不好。花如果開了，必有顏色，而顏色是「相對」的東西。不開，也就不落，也就不枯萎，所以她不能夠開所有顏色的花——因為她還沒有開，所以任何種顏色的，都「可能」開。

此篇最後二行，點開了全篇的意義。「在這千千萬萬應時盛開的叢花裏……」（頁三四），這句話之中，「應時盛開」這四個字非常重要。花開既是應時而開，可見都是很短暫，旋生旋滅。不開花的小蓓蕾，永遠是將開而未開，永遠在「眾法」的旋轉之中，屹立不變。若說未開的小蓓蕾是「道之體」，開出的各類花朵便是「道之用」。以道為中心，可以呈現任何種不同的法相和不同的色體——只要存在著小蓓蕾，便孕藏著各種開花的可能。

最後一段，當主人公忽想起，在一片花草中仔細尋找時，「他找到一株美好的枝梗，擎着一個沒有顏色、沒有開放，可是就已經枯萎了的小蓓蕾」（頁三四）。「枯萎」二字用得不好，或者說用得不妥。因為「枯萎」，表示花已經開過了。事實上不然，她是「沒有顏色，沒有開放」的，既沒有開，怎算枯萎？可是，想想除了這兩個字，也真不易找到更適當的字來形容。

忘情

「忘情」，重在「忘」字上。是忘情，不是沒有情，與道地的宗教看法不同。〈忘情〉一文裡的思想，是文人的思想，不是思想家的思想——它並不是非常有邏輯，有體系的。

從文章的表面看——除了送「感情」的小精靈來得太遲了以外，其他的禮物，統統及時趕上。什麼都有了，單獨「感情」慢了一步，乍看似乎是一種遺憾；從另一個角度看，別的都不會忘，單單丟了它，足見感情雖然頂重要，似乎是可輕可重，可有可無了。

> 他今生要享有絕頂的聰明，他健康，永不生病，……他英明、果斷、幻想豐富而又極端地理智堅強。（頁四三）

體力、智慧、美貌，這些都是很重要的。看完了〈忘情〉我們不禁要問：作者這樣來描寫「感情」，他到底是贊成感情呢？還是反對感情？我們來看看這位感情的使者——

……一路飛來像是燒著一個小火把。

她飛的路線也不直，速度也不均勻，快一陣，慢一陣。……她的那個包裹又大又沉重，在枝上也放不穩，她氣喘短促地還要不停忙著左扶、右扶怕把它掉下來！（頁四一）

不直，不均，無寧是對感情的一種批駁；包裹又大又沉重，對於前進似乎也是一種妨礙。

在人生的驚濤駭浪裡，有了「感情」的沉重包裹以後，航行的船便不輕捷。一個沉重的包袱，在奮鬥的過程中，無寧是一件累贅了。速度不均，方向不確定，如何能成功？

「感情」的亮光是紅色的，她的亮光比別人都強——感情的生活原也是多采多姿，又光又熱的。

「收得這麼嚴緊，找都幾乎沒有找著！」（頁四二）情之為物，又是此等的自珍、自愛、自私。它是被收得緊緊的，不容易搶來的。

我們可以這樣設想——當嬰孩投胎之際，各種要素，如體力、智慧、美貌等等，都去了，唯獨自私自珍的感情沒有去。是福是禍，倒不必太早肯定。

充塞著「情感」的一生是很美的，但也多半是「悲劇美」。林黛玉是個好例子。其他諸如哈姆雷特、項羽等等，一生充塞著情感的悲劇英雄，也都很令我們同情。只要是人，無不需要「感情」的慰藉，可惜感情她太尊貴、太蒼白，她常將門關得太緊，使陽光不得進來。

看世界上事業成功的人，他們便缺乏這種浪漫色彩。他們多半能把是非利害，通盤籌畫，只知平平實實往前走；他們沒有太鮮明的愛憎，她們知道如何把智、情、意三者，調整平衡。薛寶釵是一個例子（雖然有人說她「樣樣在行得令人討厭」）。

情忘了，是否可惜呢？情沒有趕上，是否遺憾呢？能忘情，真是好的。作者把自珍的感情放到最後才趕來，並非沒有原因。愛情本身帶有悲劇性——追不到它，很悲慘；追到了，更悲慘——那是幻想的破滅，是厭倦。所以說：忘情不是遺憾；但是，只怕也太不容易的。

人子

何以取名「人子」？

「人子」象徵道之終始，真理的起點和終點。

佛經裡，大菩薩叫「法王子」，他負有「擔荷如來家業」的責任——繼往開來。

孟子言：「聖者，人之至者也。」取名為「人子」便有這樣的意思。所謂「內聖外王」；僅僅「真理」二字，是抽象的、無形的，如何顯示它、完成它，只有藉具體的東西：「人」來做這件事。人是有靈性的，周作人有幾句話說得很好：「人是從『禽獸』進化而來的，所以，他的血管裏尚有不少獸性的遺留。但是，人既從禽獸『進化』而來，所以他能兢兢業業、欲日新其德，以求昇華、超越……。」

王子要在九歲這一年，把太子的號稱留在宮裡，只扮作一個小僧侶的樣子，隱姓埋名，隨了師父到處歷練，增長見識，受他的教誨。一直到了十五歲生日才回宮裡來，準備繼承王位。

這個國家選太子並不一定要「國王的頭生」，「而是他們認為天資最聰明，性情最溫和，身體最健康，容顏最端莊的」（頁四六）。這些包括著智慧、仁慈、健康、外貌等等，都是做一個王子該具備的要件。「王子如果到了九歲還沒有被選，就不會被選了」（頁四六）——「九」是數之終——數目字從一到九，九已經是數的頂點了，到了十，又恢復一和零的結合，周而復始。小孩在十歲之前，是蒙昧時期，九歲以後，心竅便開，九歲相當於他生命的轉捩點，由此向善向惡，十分重要。王子在這之間，若能有很好的教育，就是聖王。

在第四八頁，老法師說：「我教你做太子的第一課是分辨善惡。六年以後，我要教你做太子的最後一課，也還是分辨善惡！」

這是明圓。整個過程是智慧的成就。

第一課是分辨善惡，到最後一課，還是分辨善惡，其間程度不同，要透澈，才算圓滿。所以說「明圓」最難。

小王子從老法師那裡學來的劍法，與其說是劍「法」，不如說是劍「道」。因為小王子已經能夠把劍法和人生哲學融合，能將身心和自然法則打成一片。正如莊子所謂「技也，而進乎道矣！」這是劍法的最高境界。

你一定要在善惡不能兩存時才可以殺惡，而且要殺得快，殺得決絕。（頁五六）

這段話很要緊，因為劍的最大功能，不在殺，而在以殺止殺。古人說：「聖君耀德不觀兵。」又說：「兵者，兇器也，人君不得已而用之。」但在善惡不能兩存的時候，就非出之於斬殺不可。從前釋迦牟尼為救五百珠寶商人的性命，不得不襲殺意圖謀害五百商人的某一強盜。這樣的殺不是殘忍而是大慈大悲的另一種應用。一向許多中國人對所謂「中庸」二字的看法，有一些偏差，一般人都認為所謂「中庸」就是不痛不癢，不黑不白。這種看法不但似是而非，而且錯誤得很嚴重。要知道，中者中

（去聲）也。當賞即賞，賞即是中；當罰即罰，罰即是中；當赦即赦，赦即是中；當殺即殺，殺即是中。不但要殺，而且要殺得快，殺得決絕，所謂「除惡務盡」也。否則，婦人之仁耳。

然而，真理是多元的，有正面的真理，也有反面的真理。人心千差萬別，是非善惡的形象與種類也千差萬別。情況不同，劍之處理的方式也不同。這就要歸結到「運用之妙存乎一心」了。

> 小王子大吃一驚，……老法師身子左右一晃，忽然分成兩個人，一樣高矮，一樣胖瘦……「你看我是善？還是惡？」（頁六五）

老法師一個人分成相同的兩個人，也就是說：善惡在「形體」上分不出來，必要從「本質」上分。這是告訴小王子，分別善惡不可從外貌上肯定，而要看動機、目的等等。諸葛青雲的某本武俠小說上，曾有這麼一副對聯——

百行孝當先，在心不在跡。在跡，則貧家無孝子。
萬惡淫為首，在跡不在心。在心，則世間少聖人。

「在心」與「在跡」的分別，也可說是動機與外形的分別。最後一場結業典禮，老法師給小王子最後一課的「分辨善惡」，要小王子分別「你看我是善？是惡？」

小王子沒有分出來。他善惡看不出來，也就不肯付諸行動，顯示了小王子的不肯潦草。小王子不肯輕舉妄動，不苟且，寧願自己被殺，這是一種執善固執的精神。他不動手的原因可能有二：一、他分不出善惡；二、從本質上看，善與惡在王子心目中，已經泯合。

他已經掌握了宇宙萬物的本質。「衹有老法師自己知道這位才華蓋世的太子，終久是不宜做國王的」（頁六六），就舉起手一劍將他劈了。

一個理想的皇帝並不是「看見每一個人都是好人」。要成就一位國王，善惡一定要分明。但他真的是不宜於做國王嗎？在我看來，一個明君不一定成佛，但成了佛，則必然是一位明君的。

靈妻

從〈靈妻〉裡，顯見鹿橋對男女之愛並不排斥，甚至可以說是歌頌，以為是歡樂的泉源。凡是妨礙、摧毀、阻隔此一愛情的禮俗或教條，都應該反抗、捨棄的。他似乎不像宗教家，把男女之愛看得那麼嚴重。「菩薩見慾，如避蛇蠍」（《楞嚴經》），那是剛剛修行的人，這一層愛欲，要下很大很勇猛的工夫才能割斷——而文學家有文學家的看法，鹿橋對愛的境界，在〈靈妻〉裡，作了很細膩而深刻的描寫。〈靈妻〉裡，寫的是從「少女」到「少婦」的成長過程。

> 坐在鏡子前面，女孩看自己裝束好了的樣子也不悲哀，也不歡喜。自己年輕美好的肢體為層層的衣裙裹住。她心上想：「若是神靈不收我，怎能怨他？祇能怨中間的這幾層脂粉、衣服，同這古老的祭禮，把自己勞頓得半死！」（頁七七）

這裡有著批判世俗祭禮，人為陋俗的意思。

「到底是你們大家去嫁給他呀？還是我嫁給他？」（頁七八）女孩這句話問得生動，也問得合理。

從女孩的各種準備，到一群人員的帶著她上山，整個祭祀的過程，有一種「延宕」的氣氛，那是作者的寫作技巧。讀者跟著他的文字，慢慢覺得高潮就要降臨了，心情也跟著緊張起來。

> 她們用來縛她的是柔軟彩色的絲綢，不是繫生畜的麻索。（頁八一）

我們從這裡可以看到：愛情的束縛，原是美麗而溫柔的。

後面神靈降臨的一段，尤其顯示作者鹿橋的敏於感受，妙於想像——

> 風又緊了一點，漸漸又夾下了些微雨。
>
> 風又輕狂了些。……便祇有羞得把雙眼緊緊閉上。
>
> 她的衣服如疾走的戰場上的旌旗，為風拍擊，條條碎破，然後一絲兒又一絲兒地吹走了。……
>
> 雨水把她的脂粉完全洗去……。（頁八三）

此文越到後來，詩意越濃。一篇文章，能以引人入勝為始，發人深省為終，便是上乘。

叔本華把愛情的能力稱為是「盲目的意志」，這是消極的說法。

中國人以為「陰陽合」，才能「生」，整個宇宙就是「陰」與「陽」的磨擦、激盪。

等到她氣息平定了，她才想起這整個時光都是緊閉著雙眼。她就要微微閃開眼來看看她自己眷愛的神靈。但是她睜不開眼來！（頁八四）

整個時光都緊閉著雙眼，使我們想起「愛神是盲目的」這句話。而這裡的「神靈」呢？此神與一般所謂的神不一樣——我以為，這「神」是宇宙間生生不息的主宰——所謂「大能」。萬物之間有陰陽，動植物界有雌雄，人類有男女，但有了此一使之生生不息的「大能」，宇宙之間才能孕育萬物，才能互剋互生，永遠不息。「道」之體無形無相，「大能」正是這無形無相之間的一種功能。

〈靈妻〉到了最後一句，我們感覺整個宇宙的和諧——

擁抱著她的神靈已經感覺到了，就輕輕地把她帶起來，在夜空中飛走了。（頁八五）

愛的最高境，有很深的默契，這種愛就越來越抽象。女孩的眼睛再也睜不開之後，「也不恐懼，也不失望，也不好奇，因為她感到整個，完美的滿足」。

這是真愛。把自己整個的溶入對方，寧願沒有自己的意見、看法。戀愛中的夫妻，就會像水和糖的溶合，再也分不出哪裡是水、哪裡是糖了。最後甚至化成氣體，連糖水也不見了——「愛」是要不受束縛，且要百分之百獻給對方的。還有一點也很重要：要對方能感覺到。若作了一切犧牲而對方不知，豈非十分悲慘而不完整嗎？愛有待於「交感」，而後完成。

〈靈妻〉將哲理包含於情趣之中，讀來使人驚歎不絕口，前一篇的〈人子〉，相較之下便顯得嚴肅而哲理太多了。

花豹

〈花豹〉一篇，還是寫的男女關係。如果前篇是寫愛的最高境界，那麼這篇便是寫「追求異性的藝術」。

小花豹「跑得最高興的時候，他的尾巴……會忽地……滾圓筆直地豎在那裏像一位得勝的大將豎起他威武的旗幟一樣」。（頁八九）

這尾巴是小花豹勝利的標誌，也是雄性動物勝利的象徵。

這篇文章，表面是說雄豹子很了不起，整篇描寫他一切得意的姿態，而事實上，雌豹子卻更厲害，更敏銳了——因為雄豹是幕前的英雄，雌豹卻是幕後的導演者。

「一般說來，雌豹子比雄豹子跑得快」（頁九二），這個「快」字，當用廣義的解釋：它表示敏銳、迅速。女性雖然在表面上很羞怯、柔弱；而本質上，卻十分勇敢——她不但知道該「怎麼做」，她也敢於認真去做。

《易經》上說男性是「其動也直」，足見在行動上，男性遠不如女性來得細緻、委曲、含蓄。

她心思又細，手工又巧，她想用這個網子來表示她對小花豹愛慕的誠意。她不願叫任何別的豹子知道。（頁九四）

這是女性的心思。

對方需要什麼，女性適得其時的獻給他——並且要有分寸。流露太過分，沒有技巧，太拘謹或太放肆，都會引起男性的反感。男性有男性特有的尊嚴，讚美不能太過或者不及。

小花豹……似乎是要把這個網子摔脫掉。可是網子的大小織得剛剛合適，套得緊緊地，摔不走。（頁九八）

這個「剛剛合適」非常重要，也相當不容易。

如果小花豹的尾巴是「勝利的象徵」，這一個白色的網子便是「勝利的冠冕」：她把那「勝利」裝點得更鮮明、更美麗。白色的網子是美人的愛，是對勝利的裝飾、襯托，同時更是一種鼓舞。

「小花豹彷彿感覺自己又回到小時候去了……」（頁九八）。男人不論如何的成功，高官厚祿，在愛情裡都會變得天真活潑——真正在戀愛的境界裡，是沒有什麼戒心或顧忌的。

雌豹子的一舉一動，我們不但不討厭，而且喜歡；因為她用心機並沒有別的，只是想對他好。「為被愛而愛，是人；為愛而愛，便是天使了」。最後，「大雪更下得密了，他們也更跑得遠了，就漸漸都看不見了」（頁九八）。她的念頭是純白的，是很純潔很本色的，所以在雪中漸行漸遠的消失，以至看不見了。

馴服就是征服。如果說：男人征服世界，女人征服男人——我們可以說：雌豹子是征服勝利者的勝利者。

宮堡

什麼是幸福？如何追求幸福？

〈宮堡〉一篇的過程是追求幸福的過程。

真正的幸福是什麼，是「名位」嗎？「眼看他起高樓，眼看見他宴賓客，眼看他樓塌了」（孔尚任）。是財富嗎？被搶了，情何以堪？是愛情嗎？失戀如何？真正的幸福——只在「知足」二字。

這三年來教導、啟發鼓勵他的是一位清瘦、身高、鬢髮又白又長的老者。……他是甚麼人，自甚麼地方來的，都沒有人知道。（頁一〇二～一〇三）

老者是學問與經驗結合的象徵，是智慧的代表。而智慧從哪裡來，又是很不易說的。他身高、清瘦——若是追求物質享受的人，當然不會清瘦。常年的思考，加上淡泊，所以瘦。智者的表面，也都是平平凡凡，純純樸樸的；智者的鋒芒內斂，並不會在外表上顯得光芒四射。他的智，不喜向外展覽、炫耀，寧願退藏於密，所以「他把布口袋留在……小木房裏」。（頁一〇三）

「老人扶了孫女則自由到處查看、指點」（頁一〇三）。這裡先點出悲與智結合的象徵。

等宮堡建好之後，王子便用了一把鑰匙，將宮堡鎖起來，他預備出外遠行，訪求一位公主。

大鑰匙是個關鍵，它一方面也是智慧的鑰匙，真理的鑰匙。

王子自己擁有一座豐富的城堡，有一處理想的殿堂，而他自己不知道。他興沖沖把他擁有的天堂鎖起來，把鑰匙交給別人，然後自己孑然一身出去飄泊。在自己的城堡裡，他富有四海，貴為王子，在這裡要什麼有什麼，這一些，他都不懂得珍惜——現在他走了，剩下無盡的時間與里程，剩下一大段路途等著他走；他不知道「眼前一剎那，足下一寸土，才是你唯一的所有」。

臨行，老者對王子說：「我就把它（鑰匙）掛在門上，人人看得見，專等你回來。」（頁一〇八）

明擺在眼前的東西總沒有人注意。人總喜歡往難處找，往遠處找。而王子呢，他心上突有「淒涼的啟示，一時也不明白，也就策馬走了」。（頁一〇九）

王子拜訪各地的公主，越走越遠。他也就感覺到「每一個女子，不論美醜、種族、年紀、性情、身世，都不過是一位老朋友在各種不同情境下，一時之身影」。（頁一一〇）

這時的王子已經智慧漸開——「行囊雖然仍是輕簡，已不是原來帶出來的」（頁一〇九）。智慧不占面積，沒有重量，王子還是以前的王子，心卻已非以前的心了。他知道不同的人類，都不過是一時色相，一時之身影。

等王子成了白髮老人回來，已年過七十。

他牽著老婦人一同去開宮堡的門。未牽到老婦之前，智慧是智慧，生命是生命，沒有「證人」。攜她，生命與智慧才結合為一，才相輔而行。「這時兩個人，四隻手，才同時用力，一齊旋動那鑰匙」（頁一一一）。這裡說的兩個人四隻手，我們可以再發揮一下。

《易經》說：「孤陰不生，孤陽不長。」宇宙之間，最高的是太極——「太極，陰陽之所自生」；它即是能夠誕生陰、誕生陽的那個至高無上的「大能」。

陰陽是「相對的真理」：一個是發散的功能，一個是收斂的功能；一個是經，一個是緯，陰與陽互相激盪，於是產生了這個社會、國家、人世。

太極生兩儀（陰陽），二儀生四相（長男長女，少男少女），四相生八卦，八卦生六十四卦，六十四卦生萬物。

四隻手同時用力，二陰二陽合而為一，「克察」一聲，鑰匙斷了——這一結合，再也無法分出。

智光與慈光緒合，互相輝映、烘托，世界再也沒有陰暗的部分——於是「他們背後矗立在夕陽裏的宮堡就光輝得如同天堂一樣」（頁一一一）。他們一同走進小木屋，此時是整個宇宙的大合諧，大光明，大寧靜，大莊嚴。

皮貌

「真我」與「假我」可以分兩層意思來說：一層就是「五蘊之身」（色受想行識）與「法身」（無始無終）的對立；另一層，就是「色身」與「意身」的對立。本篇只從第二層的觀點來討論。

形體是不重要的，只要有著活潑天真的心性和情懷，他就是一個年輕人。

美與形體也沒有直接的關係——更有一層「韻味」是超乎形體之上的——所以女

孩在月光下，脫去了一層美麗的皮膚而無所知覺。

女孩在柔和的月光下，「這柔和的月光，比任何衣服、材料都更能配合她好看的身體」（頁一一六）。月光是自然的象徵：真正的「美」，必須與自然精神相通，與大自然息息相關。真正的裝飾是自然的、天然的，不是顏色與脂粉。

月光下，她繚人情思的神情、體態，就都隨了那一層美麗的皮膚被揭去了。整個畫面、意境，真叫作「忘形」。前面有一篇，叫作〈忘情〉，鹿橋「忘」字的含意，都別有韻味。

最後的情景，是母與女在月夜裡塗抹著月光的動作，恬柔優美。母親愛上自然以後，一切自然化了，變成自然的女兒。現在她又做了自然的母親——她現在把這一切又傳給她的女兒——這是母與子與自然的三位一體。

「精魂是原來有的，習慣是學會的」（頁一二六）。一般人以年齡來分少年、青年、壯年、老年、殘年——實際上，這是一種皮相而粗淺的分法。真正老與少的分別在內而不在外，在心境不在體質。

這裡講一則梁武帝在他死後靈魂竟不認識自己形體的故事——

> 武帝既歿，回視遺蛻，衣冠儼然，以問誌公和尚，公曰：「昨我今我，轉眼便不識耶？」帝猛省，脫口述偈曰：「早知燈是火，飯熟已多時。」

靈魂與形體可以對立。書中的老法師一方面把形體留下來與人談話，陪客聊天，另一方面讓靈魂飛出去四外雲遊。法師甚至在自己死的時候，「靈魂」站在一邊看自己的「皮相」被徒弟們裝殮入棺。

照徹這一切真我與假我，皮相與精魂的，是智慧的明鏡——色身與意身，在智慧的大鏡之前，清晰洞見。

鷂鷹

讀完〈鷂鷹〉，不只覺得是鷹師在訓練一隻鷂鷹，更覺得是大思想家、大教育家在天地之間傳道。鷹師，可以拿他當儒家的孔子來讀。「所惡於上，勿以施下」；「所求於朋友，先施之」。這些是〈中庸〉裡的句子，原屬於儒家的思想；然後我們來看看這位鷹師——

他訓練她，並不是因為他想捉鳥或捕兔。……他是要教她知道怎樣竭盡她的天賦，並且做一個最有靈性的鷂鷹。（頁一四二）

〈鷂鷹〉一篇的文筆氣氛都雄厚，曲折性也很大。

青年鷹師對官佐們粗魯的舉動不忍看不忍聽，顯示他的慈悲；他對官佐不露聲色的態度顯示他的智慧；他對羽毛不好，肢體又不甚健全的幼鷹特別看中，更顯示他獨有慧眼，能見人之所不能見。

然後的大部分就是他訓練鷂鷹的過程。

他訓練時很能抓住重點，是啟發式的，是誘導不是強迫。無論有多少食物，無論她飢餓與否，主人若不餵，她也絕想不到飛去偷吃。看看這一層師生關係，這種程度，十分可貴。所以，「這鷂鷹還沒有正式受狩獵的訓練就已經先修養成一隻尊貴有身分的鳥了」。（頁一四五）

這一點教育的精神與原則非常重要。在教育過程裡，師生需要互相溝通；而本文在師生之外，更有一層人獸間的隔閡——

她的主人也沒有翅膀，不過這一點她沒有想。在她心中，她的鷹師主人是萬能的，有沒有翅膀不要緊。如果他想飛，他就是沒有翅膀也可以飛；飛得比她還高，比她還快，比她還遠！但是鷹師怎麼會飛？這道理就是鷂鷹永遠不能了解的。（頁一四九）

飛有二種：一種是形體的飛，如鷂鷹；另一種是想像力的飛，如人的「心智」。一個人的想像力是無窮無盡的，「豎窮三際，橫徧十方」。因著想像力，我們可以毫無限制的飛翔——這就是萬物之靈與禽獸不同的地方，也是文中鷂鷹不能了解的地方。

> 她讀不出她主人心上有甚麼文章。因為鷹師用了極強的自制力量使他的心上成為一片空白。（頁一六六）

不只人與獸，人與人亦同——若有「心」，即可互相交通，沒有「心」，就一點辦法也沒有了。因為主人的心上沒有任何意念，她也就無法知道什麼，儘管他們之間本有著很深的默契。

本篇的「人性」似乎顯示得比「鷹性」多些，或者也因為獸性不易顯示的原故。事實上，獸性裡有些東西是比人還要好，還要真摯的。篇尾，鷹師將鷂鷹放了，王人雖惆悵，心上卻非常肯定，「他心上十分悲傷，但是他沒有做錯」（頁一七一）。最後他聽到他的鷹的聲音：

「夷——猶！」

「夷——猶！」

從一隻幼鷹，而被訓練成一隻有靈性有情操的鵎鷹，她是成長了。篇尾的飛回，似乎表示著她對主人的戀戀不捨。鷹師是不把她當作鷹而當作人來訓練的，訓練她也不為口腹之欲。她知道老師是故意放走她的，也知道老師對她無任何祈求，更不要她報答。她對老師這樣的心情很了解，又愛又敬。

但她不能夠因感謝老師而再回到鷹師身邊。即使那樣，老師也不肯讓她回來。但她還是同來看看——最後的啼聲，可以有兩種解釋：一個是假定她確實飛回來了；另一個，也可以假定是青年鷹師因為懷想鵎鷹，而耳中彷彿又聽見他平日熟悉的鷹聲。不論二者之中的哪一種，都有一股動人的感情。

獸言

鸚鵡能言，不離飛鳥。
猩猩能言，不離禽獸。

以〈獸言〉的內容，而在篇首引用這兩句《曲禮》上的話，可算是鹿橋對儒家一個小小的調侃。

世間人進入了猩猩世界，也進入了另一個完全不同的生活和文化。

這個……宴會，秩序的道理同標準自然也不是可以用人的看法來衡量。他因為學識廣，見聞多，自然不會犯這種幼稚的錯誤。他已整個把心放平，衹觀察、不批評。(頁一八三)

「把心放平」這句話很重要，所謂「學問深時意氣平」。心放平，一切才能客觀，才能明晰。

他自己現在是猩猩王國的珍異禽獸了！（頁一八四）

能這樣想，也就相當的不容易，有一種自我諷刺的情操，一種幽默感。並且，「這兩三年來，猩猩們不但已經拿他當一個猩猩，並且認為他是一隻很有智慧的猩猩了」（頁一八八）。

此時，猩猩世界裡接納了他，他「慢慢地也發現了猩猩的心智活動自有其一種與人類不同的典雅」（頁一八九）。

「典雅」二字很值得我們品味，在這樣的字眼裡，可以見出作者對獸類的尊重。

老猩猩與山中人就與他成為至友，他們就給他起了一個親愛又禮敬的綽號，用猩猩語拼音就是「苦若能甘」，意思就是「世間猿」。（頁一八九～一九〇）

「苦若能甘」，「若」字在這裡很有意思，它使得這個詞意變得很有彈性。去了此字，「苦能甘」，只是「隨遇而安」的意思，比較死板。現在加了一個若字，不但把苦能甘的意思包括了，甚至可以生出另一種意思來。加上「若」字，苦就溶化了，包括在樂裡了，苦亦樂，樂亦樂——「苦若能甘，苦於何有？」

一直到「山中人」負了箭受了傷回來，成為本文故事的一個轉折。山中人的身分是介於猩猩與人之間的，他象徵獸進入「人」的過程，也是人獸間的分水嶺。進化過程總是艱苦的，此階段一跨上，便是一大進步。所謂「困知勉行」——山中人挨了這一箭，正是這「苦」的意思。

到此，故事有了一個轉彎。它的附帶意義是：「非我族類，其心必異。」他們於是也就不得不忍痛分手。

分手的一段，讀起來相當感動。主人公請求猩猩們不吃甲蟲，充分顯示受過文化洗禮的人類，一種「不妨害他類生存」的慈愛。在兩種不同的生存法則裡，也許依猩猩們的想法：「自己要生存而不傷害其他生物是不可能的」；然而猩猩答應了。「我就答應你吧」，這口氣顯然不是百分之百出於自己的本心，只是對友誼的一種尊重，不一定是贊同他的主張。

在這些對話裡，流露出彼此的深厚友誼與互相尊重了解。來自不同的背景，而能有這樣水乳交融，莫逆於心的精神境界，真是稀有而可貴。

他回到人間了，好多人圍著他看。他也回到家，聽到兒輩的朗朗書聲，他突然憤怒起來。

> 這些書都是他讀過的！這些書的文字都是他心上記熟的！這些書裏的理想都是他無條件接受過的！（頁一九八）

但是，這些東西都不是真理。如果把這些東西都抓得死死的，妄自尊大，以為天下之道，盡在於此，以為半部《論語》可以治天下，把書本當作一切——一到社會便行不通了。泰戈爾有一句詩：「文字的塵土把思想的光明掩蓋了」——這是說，凡是「說出來」的真理，都是掛一漏萬的真理，都是以管窺天，以蠡測海，都差了一大段距離。

於是他把自己的著作燒了，把小孩統統趕出去玩。

總結〈獸言〉，我們可以引一句莊子的話：「吾生也有涯，而知也無涯，以有涯逐無涯，殆矣。」〈獸言〉的過人之處，是把整個概念巧妙的隱藏在故事裡。

一個人能有這樣的胸懷，知道宇宙是無限大，學問和智慧都沒有止境，便不會狂妄，便知虛心。人不過是滄海中之一粟，多少煩惱多少愚蠢，都因人不了解自己而造成。一個人一旦明白於此，就容易快樂，容易滿足，就能在苦中求樂，在不滿足中求滿足。

明還

「明還日月，暗還虛空」。因現象界的一切，都有個來處，它從哪裡來，我們便將它歸還哪裡去——把「色」還給土，把「行」還給風，把「明」還給日月，把「暗」還給虛空——把所有有來處的都還了，剩下一個沒有法子還的，無來處，無去處，不能還的——「不汝還者，非汝而誰」？

鹿橋真善用襯托法，看他筆下描寫的小小孩：

小小孩還是願意跟大孩子們在一起，不過後來他就不多說話了。（頁二〇一）

小小孩很有耐力，也很有大品德大智慧，全身如渾金璞玉，不露鋒芒。「他若是伸出一個手指頭向上指，一個蜻蜓就落在上面」（頁二〇一）。小小孩不但是這樣的與世無爭，與人無忤，更在天地之間，充分表露「有至人之心，而無其跡」的靈氣。

舉一個《呂氏春秋》的故事：

海上有好蜻者，日從蜻遊，蜻之至者以百數，前後左右盡蜻也。其父曰：「聞蜻皆與汝狎，捉而來，吾將玩之」。明日之海上，而蜻無至者矣。

這是喻「人不可有機心」的故事。

所以「頑皮的孩子們要上樹去偷小鳥」，「大鳥早就急叫起來並且要撲下來啄他們的眼睛」。（頁二〇二）

小小孩用手招小鳥，那鳥卻會飛過來。不只如此，「小小孩就伸出兩隻手，小手指頭統統分開著。一隻又一隻螢火蟲就從草裏飛出來，每個指頭上落一隻。一個也不多，一個也不少。小小孩的小手同小臉為螢火蟲的光照著，就好看極了」（頁二〇三）。

這裡再舉一個釋迦牟尼的故事：

舍利弗隨佛經行。有鷹逐鴿。鴿飛來佛邊住。佛影覆鴿，即得安隱。舍利弗影至，便作聲顫慄。舍利弗驚問：「是何故也？」佛曰：「汝三毒未盡，故鴿猶懷恐懼耳」。

三毒是指佛家所謂的「貪、瞋、痴」。要連根斷卻人世間這三種習氣是相當不易的——鴿子躲在釋迦牟尼的影下便不發抖顫慄，我們可以引申來看小小孩與蜻蜓、螢火蟲等等融合一體的微妙境界。

在〈明還〉裡，「小小孩祇是不說話」（頁二〇六，第五、八行），鹿橋也未曾提到小小孩的容貌，小小孩是什麼呢？在這裡我要點破這「日月」與「小小孩」的關係。前面說過，「太極」是宇宙萬物的來源。太極一動生兩儀。兩儀便是日月，是陰陽。老子言：「道可道，非常道。」道也可說是太極。

小小孩玩日月，那渾圓運轉的意象——廣義的說，小小孩就是太極本身。太極是道，也是萬物賴以生生不息的「大能」。

說他是「小小孩」——因為無法給予具體的形象，只好勉強稱他作小小孩，表示無法再小了——而「大能」是永遠存在，永遠不死的。正像小小孩的形象是永遠存在的。

小小孩「祇是不說話」。孔子在《論語》裡的「天何言哉！四時行焉，萬物生焉，天何言哉！」他說的「天」也是太極。

現在我們便可回到題目的「明還」——「明還日月，暗還虛空。不汝還者，非汝而誰？」光明還給日月，凡是有來處的，都還去，只剩一個無來處，無去處，無法還的——便是大能，也就是人在形體之外的，唯一的「真我」。

看看這一段——

他同時耍兩個大球！一個黃的，一個白的。這兩個球在他混身上、下、前、後、左、右，團團地滾。他的兩手只輕輕地推送著，那兩個球好像是懂事一樣繞著他玩。他的小臉照得通紅，眼睛耀著歡喜的光芒，整個一個小孩的身影裏在一團亮光裏。（頁二〇九）

如果說「造化無功」——無功的意思，可說是「不用力」，或者說「不居功」。小小孩在這裡的形象，彷彿天地古今都是由他隨手輕輕地推送。《易經》說：「天地之大德曰生」；不論叫「太極」或者「道」，都可算作一股力量，這股大能的力量，有向心力，也有離心力，這力量是不可思議的。《指月錄》裡有這樣一首偈子——

有物先天地，無形本寂寥；能為萬物主，不逐四時凋。

就是說的這個。

渾沌

〈渾沌〉一篇從「心智」到「太極」分十個小段落，在這裡，總結前面十一篇不同的故事，成為一完整的收尾。在最後的一段「太極」，再回復到「汪洋」等人物——

汪洋上有一個航海手。他同時間的老人在小船上閑談欣賞了許許多多故事。這些故事之外又有千千萬萬，或然，未然，未必然的可能。他們就閑閑地比較，討論。（頁二三四）

這一篇就是這樣的用了幾個故事，把全書十一個篇段，連綴畫成了一個圓。

鹿橋引了莊子的話：「中央之帝為渾沌。」這叫人想起鹿橋受莊子影響的地方。

《人子》的文體，便受莊子的影響很大——莊子善用故事體、寓言體來詮釋，解說他對人生的領悟與理解，鹿橋的故事，便用的是相同的方法。

不成人子

生而為人，是很幸運的事。要常常記住自己難得的機運，珍惜這可寶貴的身世，也要常常想念著那些不得生為人子的萬眾生靈。（頁二三六）

很好，很感人。我們要知道也要珍惜這有限的生命，去追求那無涯的智慧。莊子「以有涯逐無涯，殆矣」的說法，那是指一般的學問知識，是「分別智」。而有別於「分別智」的，就是相對的「根本智」——也即是明心見性。

「一切眾生皆有如來智慧德相，只因妄想執著，不能證得」。不論是人，或是一切不成人子的萬眾生靈，都是可以努力超越，以期更上一層樓的。有生之年，就該好好努力——

人身難得今已得，佛法難聞今已聞；
此身不向今生度，更向何生度此身。

南方有佳人，遺世而獨立——談鹿橋及其《人子》1

王文進2

一

王國維《人間詞話》嘗云：「客觀之詩人，不可不閱世，閱世愈深，則材料愈豐富，愈變化……主觀之詩人，不必多閱世，閱世愈淺，則性情愈真。」如果用《未央歌》的幽谷清音和《人子》的雲山飄渺來品題鹿橋，則其該歸屬王氏所謂的「主觀之詩人」矣。無論是《未央歌》或是《人子》，雖然時時閃爍著品味極高的慧見，但是總覺不沾人間煙火，讀來恍如置身世外，是一般人對鹿橋作品的印象。也許正因為這個原因，雖然鹿橋擁有極廣大的讀者群，但一直很少被學院派「嚴肅的批評家」作過「嚴肅的評論」。換句話說，鹿橋的作品極可能拂逆了學院派的一些基本原則，諸如：不真實，未能充分反映時代，用詞過度濫情……等。但是所謂「真實」的概念本來就不易定義，究竟生活細節才是真實呢？還是作家經由理念對世界的詮釋才是真實？所謂未能充分反映時代，就中國近代史而言，一旦語涉時代，似乎無可避免地要和「鮮血」、「苦難」、「抗議」畫上等號。殊不知「時代」實在是一個中性名詞，作家可以在這裡找到他要找的旋律。唐代的安史之亂使杜甫寫下蒼莽血淚的詩史，素為歷代詩學推崇。但與杜甫同時歷經天寶亂世的王維，最為詩家傳頌的卻是「君問窮通理，漁歌入浦深」之類的玄遠佳篇。川端康成完成他纖細柔美的「新感覺派」作品時，正是日本捲身二次世界大戰之際，新潮社的《川端康成全集》十六卷還是在日本敗後四年（一九四八年）百廢待興的境況下出版，《千羽鶴》則是在次一年刊出，足見日本戰後文壇並沒有要求川端作「時代的見證」；川端也一本初衷走著自己的路。然而，一九六八年諾貝爾文學獎的頒獎詞說得好：「川端經過日本決定性的敗仗，他

1 原載《中央日報．副刊》一九九〇年一月。選自《豐田筆記》。臺北：九歌出版社，二〇〇〇年七月。
2 發表文章時為淡江大學中文系副教授，現為東華大學中國語文學系榮譽教授。

知道要復興日本，必須有進取精神，生產力和勞動力。可是，在戰後受英國強烈影響之下，川端卻透過他的作品，以沉穩的筆致呼籲：為了新日本，必須維護一些古老日本的美與個性，這從他精心描繪京都的宗教儀式，細心選擇傳統腰帶的圖樣中可以看出來……。」原來作品與時代的辯證方式是可以如此多重性的，有些人一味在時代中看到了苦難，有些人卻始終能在苦難的時代中激起倔強的堅定的美的信仰。

所以我們沒有必要對鹿橋未能正面描寫抗戰而感到遺憾，反過來，我們要慶幸鹿橋沒有草率地隨波逐流。因為一但質性不合，勉強去寫，我們頂多只是平添一部二流的「大時代作品」。現在，因為鹿橋自我謙遜地抑制，我們反而流傳著另一種誠摯的永恆的旋律。

文學作品究竟是否要有一清晰的理念，再以現實材料加以發展，還是先要有豐富的生活細節，再經此提煉出題旨？素來是文學評論家爭執不斷的議題。事實上，王國維所說的「主觀之詩人」指的是前者，「客觀之詩人」指的是後者，而鹿橋當然是典型的「主觀的詩人」。《未央歌》並非從細微的生活細節長出來，而是從理想境界臨空飛下來。並非這個大學的人都原本是如此這般活著、想著，而是鹿橋認為這個大學的人都應該如此這般唱著、舞著。這個分野極具重要性；若不狠心揮下這一刀，所謂反映時代背景的執著，反而會是作家的束縛。其實鹿橋自己說過：

它要活鮮鮮地保持一個情調，那些年裡特有的一種又活潑、又自信、又企望、又矜持的樂觀情調。那情調在故事情節個性人物之外，充沛於光線、聲音、節奏、動靜之中。要寫出這個來，故事不但次要；太寫實了，太熱鬧了反而會喧賓奪主，反之一個情調可以選多少不同的故事來表達。

具體的時代背景有時是沃土，適時提供養分；若過於強調，也可能變成鐵鍊，綑綁翅膀飛翔。鹿橋說得又溫婉了些：「故事困於時代、地點、人物，往往事過境遷，顯得歷史味太重，很是陳舊。」鹿橋實在是希望大家把《未央歌》當成一部有永恆性價值的文學作品來看，而不僅止於「西南大學實錄」。換句話說，鹿橋是文學家，不是教育家，他有刻意要講的話，而他選擇了文學的形式來代言。我們不能只管內容不管形式。但是《未央歌》的讀者似乎過度關心作品的內容而冷落了作品的形式，如果這種情形繼續下去，鹿橋「教育家」的風采可能將逐漸掩蓋住他「文學家」的本質。

其實《未央歌》應該可以放到近代文學史中來讀。司馬長風是少數具有慧眼者之一，在其《中國新文學史》中赫然將巴金的《人間三部曲》、沈從文的《長河》、無名氏的「無名書」、鹿橋的《未央歌》並列為戰時戰後時期的四大巨峰。但是作品結構分析略嫌簡陋。張素貞〈從浪漫到寫實——談《未央歌》與《滾滾遼河》的創作模式〉對《未央歌》有極細微的解析，可惜受限於要和《滾滾遼河》對等來談，反而無法專注焦點盡興談來。也許到目前為止，我們對《未央歌》的回應大概是熱情有餘，深度尚不足。鹿橋表面上熱鬧，其實是寂寞的。

二

不論《未央歌》獲得怎樣的反應，終究還只是二十幾歲時的少作，無法顯示其格局。三十年後重拾舊筆寫成的《人子》，則再度顯示出其恢宏的氣魄。這一次鹿橋出人意料地採用了可以斬斷一切時空限制的寓言體，「好讓我們越過國界，打開時間的隔膜來向人性直接打招呼」。其實這項用心他自己早已說過了：「故事困於時代、地點、人物，往往事過境遷顯得歷史氣太重很是陳舊。」顯然是鹿橋對於自己的作品是否能穿越時空、得到永恆性的存在一事，是一直耿耿於懷的。

其實這樣的野心，早已見諸於其早期的《未央歌》中對文字的運用自覺性。鹿橋自己宣稱：「我們又生在五四之後，在白話文運動中成長，被迫接受一個很貧乏的新文藝的試驗室！《未央歌》是我主張、提倡、力行實踐我所謂『新文言』的一篇試作……《未央歌》每在情感一上升的時候文字就往新文言方向走。到了第十三章，全書最短的一章，文字還是可以上口，可是離口語就越來越遠，或化成散文詩或是帶了韻。」壯哉斯言！原來二十幾歲的鹿橋儼然已有向三十年來文學思潮挑戰的氣魄。掌握到了這點，也就能夠諒解《未央歌》中為何有許多地方顯得「突兀」的原因了。但是浪漫傾向的讀者往往如中了蠱般地隨歌起舞，而寫實傾向的讀者卻又不解風情，正襟危坐地斥之為「濫情」。其次就章法而言，鹿橋也是極講究的。〈緣起〉極像宋代話本中的「定場詩」，〈楔子〉是中國傳統章回小說最熟悉的結構，當年先在紐約《華美日報》的文藝副刊發表，極獲讚美。就這一點而論，司馬長風的說法頗有見地：「中國的小說自魯迅的《狂人日記》以來，刻意學習外國，並無民族風格，而《未央歌》則重新找回《水滸》、《紅樓》、《儒林外史》的旋律。」

書中第一個高潮係小童等人在一個寒假至燕梅家作客，燕梅在父親鋼琴伴奏下表演過舞蹈後，捧出一盒親手做的荷蘭鼠蛋糕，甚精巧美麗，而荷蘭鼠的眼睛則是用燕梅衣服的黑色鈕扣裝上去的。這盒蛋糕是燕梅在孩子氣中為小童做的，這段小小情事，後來竟成了全書旋乾轉坤的「天機」；這倒真是《三國演義》的規格了。藺燕梅參演歡送畢業生的晚會則是全書第二個高潮，當〈玫瑰三願〉的祈禱顫抖地唱自燕梅口中，鹿橋已經繼湯顯祖的杜麗娘、曹雪芹的林黛玉之後，大膽地又創造出中國女子另一種美的造型。小說藝術中極成功的成分在《未央歌》中出現，然而極疏略的地方也夾雜在這裡，讚美藺燕梅踩到水坑的一閃比白鴿子展翅膀還好看的，居然是聖人余孟勤，而不是小童，這敘事觀點就錯得離譜了。余孟勤最後又草草和伍寶笙配成對，似乎又有點過度「人道主義」的溫情。按理說，余孟勤這樣的個性是挺得住的，不必那麼快就替他安排歸宿。但是《未央歌》的確時常困擾在這兩個落差過大的音階上，這也許是鹿橋溫厚的特性在運用小說體裁上有著基本上的「二律相背」吧！

而這些問題到了《人子》一書中，好像是化之於無形。也許鹿橋的功力已臻渾厚圓融，也許是鹿橋採用「寓言」體本身就是個聰明的選擇。一個主觀的詩人，一個傾向於為理念而找素材的作家，「寓言」是一個值得嘗試開拓的領域。從神化的角度而言，寓言是使神話化石化的因素之一，然而從文學的角度而言，寓言卻是重建文學與神話想像力的橋樑，生在冷硬的二十世紀而能從事神化思考與寓言寫作，的確要有難得的秉賦和生命處境。這是胡蘭成對鹿橋最歎羨的地方。

「寓言」既是一種以寓意為主的思想性文字，一般思想性的文字通常都較不注意詞藻、章法，一如昭明太子所責難的「老莊之作，管孟之流，蓋以立意為宗，不以能文為本」。相對之下，鹿橋這十二篇《人子》卻是既要「立意」也求「能文」。古典中國史上的例子暫且不論，就現代文學史而言，鹿橋這本《人子》極可能是件創舉，自周氏兄弟以下、老舍、沈從文諸家，尚未見有用心成就於此者。

嚴格說來，《人子》一共有十三篇。〈汪洋〉、〈幽谷〉、〈忘情〉、〈人子〉、〈靈妻〉、〈花豹〉、〈宮堡〉、〈皮貌〉、〈鷂鷹〉、〈獸言〉、〈明還〉、〈渾沌〉、〈不成人子〉。

更嚴格說來，應該是十一篇，因為〈渾沌〉把前面的十一篇的人物場景又作了似幻還真的調度，像極了佛經上的求法而後破法執。〈不成人子〉則是作家出來自己作總結。

〈汪洋〉是全書的卷首。據鹿橋自述：〈汪洋〉及〈幽谷〉兩篇係早於《未央歌》之前著手的。有些評論據此指責鹿橋居然以學生時期的「習作」來頂替。其實許多偉大的作家，其格局、氣魄均在青年時奠定，往後的歲月只是不斷咀嚼、印證、強化而已。魯迅的作品不也大多受惠於少年時的回憶！所以鹿橋說「〈汪洋〉孕育著所有的人子故事」。〈汪洋〉寫一個十七、八歲的航海手的豪情與迷惘。「哪裡有一個港口值得用一生的精力、時間，向它駛去？哪裡有一個港口值得為了它就捨去所有其他港口的風光？」正因為是經由一個十七、八歲青年的詢問口吻，所以鹿橋刻意保留了這種「習作體」的語調吧。換成王國維的語氣，大概就是「昨夜西風凋碧樹，獨上高樓，望盡天涯路」了。可是航程是漫長無涯的，「就這樣，他由青年而壯年而老年地繼續航行下去。就在他感覺到沒有成績，失敗的時候，他忽然發現自己的智慧增長了」。原來每一個人終其一生追求目標的成否並不是最重要的，重要的是在追求目標的過程中，潛移默化地增長智慧。就像一個登山者，攀登峰頂並不是最重要的，最重要的是在不斷地攀登歷程中，鍛鍊了自身的體力和氣魄，每一個過程就是意義，不要為了忙著趕路而忽略每一個步伐的價值。一如《未央歌》中履善和尚一再叮嚀的「莫忘了腳跟的事」。注意，這是鹿橋的主旋律，要有遙望未來的灑脫，更要有珍愛眼前的嚴肅。同樣的旋律，到了〈幽谷〉，只是變換樂器來演奏。

〈幽谷〉的文字嫵媚，像用蘭燕梅的聲調說出來的故事。深夜的谷中喧嘩著一群小蓓蕾的雀躍，因為只要陽光一射進山谷，她們就可以綻開她們的花瓣，在陽光中閃耀。她們都興奮地接受著「花使」安排的顏色，顯得無牽無掛。這時候，有一株特別受眷顧的小草卻在更大的興奮中隱藏著凝重的神色。因為她太幸運了，她可以挑選任何一種她自己喜愛的顏色，同時她也挑起了一副沉重的擔子。她面對一項難以選擇的困惑：「宇宙之間顏色真是多呀！又都這麼好看，沒有一個顏色本身不是美麗的、純粹的。而這些顏色又有無窮的配成雜色花樣的可能！」色澤三千，她無所適從。

於是「她每決定好了一個顏色就又責備自己未盡最大力量，沒有把整個時間充分利用。但是時間太緊迫」。是的，時間是太緊迫了。「陽光追逐起黑影時跑得多快！一剎那，就從幽谷這頭跑到那頭。」當所有的蓓蕾應時開放在滿幽谷時，這朵幸運的蓓蕾卻不幸地，默默地枯萎了。

在一片惋惜聲中，〈幽谷〉的寓意出來了：世路茫遠無邊無際，一念求全則萬緒紛起，反而無所適從。胡蘭成「評〈幽谷〉」引了古希臘人的話：「與其不全，寧可沒有」，說這株蓓蕾「是稍稍帶負氣的決裂的選擇」——我想鹿橋並不是講負氣的人，我還是選擇用《紅樓夢》的「任憑弱水三千，只取一瓢飲」來作注腳。

〈忘情〉是鹿橋對「情感」的評議。一個嬰孩誕生，眾小天使都送了禮物去。有聰明、才幹等人間諸美德，唯獨忘了送「感情」。歷來諸家對這篇的品題，以周夢蝶的最為獨到精闢。周夢蝶注意到鹿橋對「感情使者」的描寫：「……一路飛來像是燒著一個小火把。她飛的路線也不直，速度也不均勻。……她的那個包裹又大又沉重，在枝上也放不穩，她氣喘短促地還要不停忙著左扶右扶怕它掉下來！」情之為物原來就是這般，誰背著它上路，路線就不能直，速度難均勻，是一個又大又沉重的包裹，但誰也捨不得讓它掉下來。胡適的小詩「也想不相思，可免相思苦，幾度細思量，寧願相思苦」，寫得雖好，稍嫌黏膩，只有〈忘情〉一文能夠將最纏綿的東西，用最靈巧的文字來描寫。〈忘情〉從此有了形象化的「重量」，不再是飄忽不可觸摸，鹿橋選意之奇、用字之準，可見一斑。

〈人子〉一篇是全書中最凝重的一段。老法師的宣令如山：「我教你做太子的第一課是分辨善惡。六年以後，我要教你的最後一課，也還是分辨善惡！」可是這位小王子天生一片冰潔，「經典學得好，因為他愛經典之美；哲理學得好，因為他愛哲理之美；劍法學得好，因為他身心兩方面都深深體會到劍法裡的美感。他似乎從不想到怎樣用他所學的一切。」雖然老法師一再利用機緣激發小王子生命的義憤，但是每個人生命的本質是勉強不來的。當老法師在最後一刻要小王子在自己的兩個化身中分出善惡時，小王子寧願犧牲喪生，也不願因為判斷錯誤而殺了善，悔恨千古。老法師要小王子的那一劍，胡蘭成認為如果照中國黃老一派路子下來，小王子是可以毫不遲疑劈下這一劍，因為劈對了是「天幸」，錯了則是「天意」。看來中國還是走儒家的路子妥當些。

〈花豹〉一篇企圖敘述一個天才的寂寞以及一個天才如何才能真正被點燃，甚至極可能是對婚姻制度誠懇的討論。小花豹有了妻子，有了小小花豹，有了一個溫馨的家室，一個天才也許因為過度的安定而遠離充滿活力的舞臺。這個時候，要怎樣讓這個天才再度燃燒光芒呢？那隻小雌豹寫得真是千鈞一髮，小雌豹必須沒有機心，小花豹必須沒有野心，而如此一切就都是思無邪。

〈美貌〉中那位女孩如此美麗，為什麼她總是不快樂呢？因為她太過於牽掛著自己的美麗，她為著別人的誇獎而美麗著，那不是真正的美。

真正的美必須揚棄「顧影自憐」的存心，忘掉自己的美，去和整個自然人間的韻律一起跳動，像〈明還〉中的小孩一樣，他從來沒有覺得自己和外界有什麼距離。他要小鳥，小鳥就飛下來，他要螢火蟲，螢火蟲就閃爍在他的指頭上，甚至他可以和月亮、太陽玩在一起，在哲學上來說，那是與萬物合一的化境，只因為他沒有機心，因此他可以把整個宇宙不受到私情的割裂而完全納入懷中。

〈鷂鷹〉是全書中最大氣磅礴的一章。一位鷹師用盡心血馴養鷂鷹，然後又將其還諸天地的歷程，原來這位鷹師不僅是養鷹，事實上是在證道。「他同他的代代祖先都一直希望早晚有這麼一天，最出色的鷂鷹同最出色的鷹師會遇到一起。他們也許會以絕頂的人性與絕頂聰明的鷹性作基礎，尋覓到生命現象的通性，同那裡面的道德與倫理。」所以鷹師從不在飢餓的時候訓練她，要她將覓食和求道分開來。鷂鷹收發自如展翅天空了，鷹師卻將其還諸天地，那種默默地替天行道的姿態令人為之動容。在〈鴿鷹〉與〈花豹〉中，鹿橋描寫鴿鷹在天空飛翔和花豹在原野奔馳的文字，其動感寫來如聞風馳電掣之聲，足可當上等散文來欣賞。至於〈獸言〉一篇寫人類棄智絕學的大澈悟，〈宮堡〉寫一位王子追尋愛情的歷程，後者不就是大家耳熟能詳的「眾裡尋她千百度，驀然回首，那人卻在燈火闌珊處」？但鹿橋寫來，又熱鬧得像煙火閃爍四面八方。

像鹿橋這樣的作家，雖然可謂之名滿天下，但是並沒有得到文學批評界應有的重視。是不是他的作品超出了目前我們批評方法的有效半徑，所以嚴肅的批評界一直對之使不出力氣來？如果是這個原因，那麼努力的路還長著。

二〇二一年十一月修校

後記

臺灣商務印書館說：為慶祝創立七十五週年，要隆重再版鹿橋《人子》，希望收錄這篇舊作。朦朧中竟浮現五十多年前，自己尚理著高中小平頭到重慶南路買價格便宜「人人文庫」的身影，然後是大學同學們相互傳閱《未央歌》時青春嘹亮的空氣。

一九九〇年在中央副刊發表這篇評論後，我大部分的時間都在寫生硬的學術論文和教古典文學。幸運的是承蒙「人間副刊」楊澤兄與「聯合副刊」義芝兄的激勵，養成寫散文的習慣，得以能不間斷地掌握到臺灣文壇的脈動。但是對鹿橋的作品卻因為忙碌，只好封存起來。所謂「封存」當然不是指「分手」或「遺忘」，而是更小心地珍藏在生命深處。等待因緣和合，自然會重新萌芽滋長成另一棵大樹。

淡水河緩緩東來，夾雜世局變化，又是三十年。臺灣文學界各項議題紛爭不止，是非論辯已變成意氣用事。鹿橋的作品卻始終維持著山嶽般的篤定，任四周風嘯雲落，南山屹立自有慕名採菊者眾。

重讀《未央歌》雖然有些地方怪其失於黏膩，但全書結構篇章的確有著經典鉅著的雄圖大略。《人子》一書再三摩娑品味，深信必然傳世。尤其〈幽谷〉、〈忘情〉、〈人子〉、〈鷂鷹〉諸篇無論在人生奧義深刻的叩問或文學技巧的琢磨，一定會成為文學史的典範。

臺灣商務印書館創立七十五年與重慶南路一間一間書局並排的街景，五十多年前站在書架前怯生生免費看書的高中生，大學歲月笑詠《未央歌》與可以坐望大海遠方尋夢的淡江校園。然後在《中央日報》稍帶激情地談論《人子》。而今燈前修校舊稿，幾件事疊合在一起，居然因此湧起說不出滋味的歷史蒼茫感來。

寫於二〇二一年十二月

一個荒誕、真摯的世界——讀鹿橋作品《人子》[1]

翁文嫻[2]

《人子》是寫給從九歲到九十九歲的孩子們看的故事。九歲以前的就由母親講給他們聽。

只要喜歡聽就好，不一定要都懂，不但是聽的人不必都懂，講的人也不必都懂。因我不但寫的時候沒有想這懂不懂的問題，到現在自己也未必真懂得都說了些甚麼。可是我寫《人子》故事的時候始終都很喜悅，現在寫完了，心上直捨不得！

這是鹿橋先生在《人子》書前作的〈前言〉，教我們用小孩聽故事的心情來看這部書。小孩的心智不懂分析，只有喜歡不喜歡，喜歡了就完完全全吸收了，簡單、直接而完好。人思想深微處，大腦所能自覺操縱的，它有時竟會萌生意象，向你昭示。

那區域不容饒舌，只要投身進去，鹿橋說「不懂」，大概指不能理論地解釋吧？唯恐掛一漏萬，於是，他興致沖沖把那世界好風光指點我們看。

第一次讀完此書，掩卷時，只是奇怪，怎麼有人會寫這樣的東西呢？書中話似懂非懂，但知道喜歡，喜歡得心弦顫動，它像把我們身旁雜物推開，推開，豁出一塊空間，再得自由舒展、跳躍，清明地思想。一些話，因偶觸及經驗，溶解了，那時真會手舞足蹈般高興，如〈汪洋〉篇內航海手，遊於波光粼粼的海上，跟著想尚有許多其他話未知哩！若他日長大長老，再一一了悟時，該有多妙！遂憶小時母親買許多美味食品，放家中不許妄動，說留著慢慢吃，同樣的牽掛興奮。

結果這書是看了又看，還不斷叫別人看，一些話可體證，一些話只能想見，我都要用「智慧」二字以尊敬！當讀罷一篇故事，看看門外世界，呆板的，灰塵的現代文明，屋宇堆砌大小方塊，許多馬路許多窗洞許多人頭，誰家屋簷下，今夕被匪幫搶掠

1 選自項青編著，《見仁見智談《人子》》。臺北：廣城出版社，一九七五年十月印行。

2 發表文章時為香港新亞研究所文學碩士，現為成功大學中國文學系副教授。

傷殺？某少女在暗角被強姦了，賭徒在狗馬場圓睜雙目，充滿激情；遠方，鐵絲網在黑夜不斷有人影晃動，遠方有炮火；先一閃，劃見一具具餓得肚子突起的屍體，小孩子傷了腿臂的，不會哭，難民流亡，若一陣陰翳，自天這邊吹到那邊……。這現實與書中世界似截然不同，但慢慢將發覺眼底在變動，你想起地球不斷地自轉，明天，後天，世界已向另一角度傾斜，而諸色現象界，離不開人性，《人子》肯定了人性的光明面，它雖在紛亂裡藏得很深很遠，但確實存在，且不時閃現，它就是動力。所以後來熟習這本書，真如作者說「不必懂」，只是喜歡，每在一天疲勞後，自陰暗一角把它取出，翻開，就如看見一片裂開的山石、溪水，日影穿過綠蔭，曬來，人在那兒變得樸實，人性如沐在清泉中，赤裸，潔淨晶瑩。

《人子》的文字都是簡單、清楚的大明白話。描寫的風光、情境，又都盡力避免文化同時代的狹窄範圍，好讓我們越過國界，打通時間的隔膜來向人性直接打招呼。

作者〈前言〉這段文字說出了本書的特色：文辭與內容兩方面。

故事內容因沒有個別實際經驗，每人都可把自己的附上去，這些高度象徵的故事，解釋時也就是自己的經驗整理，書中每一故事是一面鏡，照徹我們某階段的模樣。自降生、啟智、成長、然後經過種種體驗認識逝亡；最後是有限人生中只可模擬，冥想而不可捉摸的永恆。故事依此列排為〈汪洋〉、〈幽谷〉、〈人子〉、〈靈妻〉、〈花豹〉、〈宮堡〉、〈皮貌上、下〉、〈鷂鷹〉、〈獸言〉、〈明還〉、〈渾沌〉十二篇，另附加一篇〈不成人子〉。作者說宇宙自渾沌回到渾沌，清虛又回到清虛，實有個章法，人一生也有，不過不容易一下子看出，故這部講人生經驗的作品也是有章法的，雖則每個故事都獨立。

在這些荒誕，又真摯的故事後藏著些什麼？

第一篇〈汪洋〉，是由人生經驗轉入文學經驗的引子，半自敘式散文，算全書最明白的一篇，畫面開闊，正宜作全書序幕。閃爍晶明的波濤上有位十七、八歲的少年，憑了健康和好奇去航行，尋世間大道理，自少年至壯年，壯年至老年，終把航海圖、羅盤、帆都放棄，不再追求，視海上生活是整個人生，與汪洋合為一體，感到真正的自由。

他年輕時所崇信的宗教、哲理都變成這時心智的一個細節，從前關心的世事與衰，及欣賞的驚魂動魄，情景都融化在永恆中成為一剎那間的事，他舒適地在汪洋上漂流，那年歲的痕跡就慢慢地自他的身體上、面貌上消失，看不見了。這時，在他心智裏微微地又生出許多渺茫的意境，這裏面有許多景象同故事。

〈汪洋〉孕育著一切人子的故事，豐蘊的海水就是博厚的土地，所有人在此降生、啟智、成長至逝亡。讀此篇，胸懷會隨其畫面開展，字句如太陽海面的水光，跳上來，映上來，一閃一閃地。跌到心湖裡，微波湧現。

〈幽谷〉裡，有一大片花圃。開花，是每株花苗生命中的大事，未到這時機的，懷著無限熱情去想望，過了這時機的，就常常重溫那滋味，她們在谷中熱鬧的吵著，企盼春風使者之來臨，其中一朵小花，特別受同輩所眷顧，大家期待她開出最美的花，可是這小花終因負擔太重，準備不足誤過時機。故事氣氛很美，春天、綠草、鮮嫩、新生、充滿創造的熱情。就像一批初出校門的青年，都想為社會做點事，出類拔萃者都受到尊敬祝福，他們尚未懂妒忌，然小花死亡的結局實發人深思。回顧同輩中，昔日被譽最有前途者，幾年後往往消聲匿跡，湮沒於人群暗角，隨波逐流了，相逢偶談過去，彼此無奈地笑一笑，牽動了額角的皺紋⋯⋯。曾敲響驚天動地的鑼聲結果沒有開場，滑稽得悲哀，此篇擺在故事之首，有甚深之警惕作用：先天優越與師友之讚賞不一定就成功，人的路總是滑的，我們該每步「如臨深淵，如履薄冰」般慎重，珍惜自己。

〈忘情〉很異想天開，說我們的秉賦如相貌、健康、理智、感情，是降生前由各小精靈帶來的。故事說一嬰孩，他有最多的好品質，就欠缺了感情，因為感情這小精靈做事糊塗，遲到了。

她飛的路線也不直，速度也不均勻，快一陣、慢一陣。好不容易到了大樹頂上，落下來又猛了一點，枝葉都隨了顫動。她的那個包裹又大又沉重，在枝上也放不穩，她氣喘短促地還要不停忙著左扶、右扶怕把它掉下來！

感情可愛而做事不妥當，理智會穩重些，它最能準確地完成意願；但感情卻是泉頭，能把冷凝了的生命外殼濕潤、翻新。

一隻隻帶包袱的小精靈在夜間商議——眾人的天資誰多誰少？那些包袱又從那兒帶來的？是生命的總樞紐？想想看：每個小孩降生的地方，都有著火的飛蟲低飛、流連。那優越的嬰孩偏偏缺乏感情，是作者對這時代人類的一聲歎息？我們都聰明、能幹又勇敢，我們都冷酷，認為拿出感情來的人是傻子！

〈幽谷〉、〈忘情〉兩篇精巧可愛，著筆很輕，若跳開來側觀，說全書十二篇是一席菜肴，則此二者當如大菜前兩道熱葷，淺嚐味引起食慾。

第三篇〈人子〉，言啟智。穿顏庫絲雅國的小王子，九歲起就跟隨老法師雲遊四海學習，老師第一課教分辨善惡，六年後最末一課仍是分辨善惡。小孩本無善惡之判，世界渾然完整，人成長就是破裂，世界裂分為應該不應該，善與惡二對立。人之心念，大事與小事，無一刻不是轉著此二者：從善則直立光明，從惡則人生顛倒成一虛影。選擇就需識慧，而且有立即殺惡的勇氣，這是要奮鬥的。老法師說：「你只有一擊的機會，一擊不中，自己就要被擊！就要喪生！喪生固然可哀，仍然只是一生一死的事，若是判斷錯誤，殺了善，縱了惡，這悔恨是千古的事，幾生幾世都不能平歇！」故學習判別最重要，這就是一點自覺心。

從自覺心到勇氣，太子都學習得很好，幾年來到訪之地，惡徒皆被其寶劍趕殺了，但作者並不將學習止於此，他在能分善惡後再前推一步。

一天，他們過一條大河，擺渡的老船夫說：

「過了那邊就是陰間，陰間的事與人間完全相反，你還能分辨善惡嗎？陰間的生就是死，死就是生。善就是惡，惡就是善。」

學習分善惡，再要學習善惡不是絕對的，換一個角度，善就變惡，惡就變善，如何就不同角度定善惡標準？所需智慧更要成熟些。

最後一課，老法師化身二人，要小王子分判善惡，一向最信賴的人，有一天你仍當用理去評定，他本身也有善惡，你能超越感情去審核嗎？終於，他分不出來，又不忍錯殺善而遺恨，他自我犧牲了。

老法師未把王子教育成國王，卻把他教育成了佛，佛界裡眾生皆有佛性，善惡是一時色相，非絕對的。王子的慈悲心，使他悟入一個更崇高的宗教領域——無善無惡。

〈靈妻〉說一個女孩與神靈結合的故事。那村莊的人，以靈氣來分地位，有些人一生聽不見神靈的話，有些人生下來就懂，有做了半生供神職，忽然一天再聽不到神說話，也有人老態龍鍾，偏能見到神，人之靈氣不靠皮貌、家世或財富，只憑心之修煉。與神靈接觸要赤裸坦誠，而世人往往自作主張，以為神靈需許多酒食衣飾供奉，就如村子裡的人，把女孩擦粉裝扮，穿七層的裙子，其實是阻隔。結果，女孩被帶至山上大石，拴縛著，神靈來前，先一陣風、一場雨，把她臉上脂粉及身上衣服吹洗掉，脂滑玉潤的皮膚呈現了，神靈才降臨。

神之來至的感覺如何呢？作者有一段很美的描寫：

她就要微微閃開眼來看她自己眷愛的神靈。但是她不睜開眼來！她的眼皮在這緊緊閉著的一段興奮的時間裏已經長在一起了。她的眼睛再也睜不開了！

也不恐懼，也不失望，也不好奇，因為她感到整個、完美的滿足。這個從前很有自己看法的女孩，從此寧願借用她戀愛的神靈的眼睛來看她的新世界，他的看法，就是她的看法。他的想法，就是她的想法。

擁抱著她的神靈已經感覺到了，就輕輕把她帶起來，在夜空中飛走了。

信仰，是愛的最高表現，忘記自己，才可與他人完美的結合，斯時，不是「我」的消失，而是「我」之拓展，溶入另一個體中。

自啟智而成長，愛情是必經階段，〈靈妻〉篇，是作者對此境界的探討嗎？

〈花豹〉篇，寫一隻小花豹長大，成為同輩中跑最快的，為什麼？因為他有賽跑的誠意與一份童心。

小花豹的特色是後腿長，走起來頭低尾高，實在可笑，長大後還是保留這些孩氣，急跑時，這些孩氣特徵都變成動力的來源，就是後腿特別有力，蹬撲得最快。我們做事時，有孩子的心總會有活力熱情些吧？

他另一特點是豎尾巴，跑最快時會自己高興，尾巴不再平伏於身後，而是滾圓筆直豎起，像一位得勝的將軍豎起他威武的旗幟。此乃自足之表現，一件事做得好，本身就有樂趣，不必旁人的誇讚已有樂趣，此乃誠意。小花豹結婚了，生下兩個好看又好玩的小小花豹，鹿橋對婚姻生活有一段很美的描寫：

每次賽會他一定帶他一家都來……他的小小豹子又活潑，又不太聽話，他也要幫他的妻子看管他們。他們太鬧了，他就把他那特別毛色豐澤的大粗尾巴伸過去一下把他兩個都掃倒在地上，然後就用尾巴把他們壓住。兩隻小小豹子就掙扎著爬也爬不起來，翻也翻不過去。仰着白毛毛的小肚皮，四隻爪子在空中舞著抓著，瞪了圓圓的眼睛，狠命地叫……他們的母親有時偏過頭來看看他們那份兒沒辦法的神氣，不但不給說情，還笑著說他們不乖！

會場上許多雌豹子愛慕他，故意逗他跑企圖接近他，這些不誠意的念頭每惹他反感，氣憤地回到妻子身邊去。由此可見作者十分肯定家庭生活。

其中一隻年輕雌豹，跑得很好，但不像其他雌豹想惹小花豹注意，或向他逞能較量，只單純愛慕他的壯美，編了一頂用鳥羽跟獸毛做的管狀長網子，想送給他套在尾巴上，配得更完美。做這事時她無雜念，所以不怕大家笑，也不怕小花豹會生氣。最初，小花豹不知怎麼辦，本能地想摔掉它，終於，接受了，在雌豹的誠意前，他反覺拒絕是一種粗魯。而且，感覺自己又回到小時候去，雌豹的單純，令他回復童年的快樂。

小花豹愛跑，故跑得好；小雌豹送禮，只為了對美好的尊敬，故被接受，這故事表揚天地間的誠懇，而誠意來自赤子之心。

〈宮堡〉篇，王子為宮堡之完美，訪尋一位女主人走遍天涯，到過面貌怪異、或言語不通的地區，可是都不覺陌生，他感到所有地方，像同一世界的不同色相，每一女子，不論美醜、種族、年紀、性情、身世，都不過是一位老朋友在各種不同情境下，一時之身影。最後，回到故鄉，發現自己懷戀的，是替他造宮堡那位老者的七歲小孫女，斯時，二人皆白髮蒼蒼了，而開宮堡之門匙亦鏽斷，矗立在夕陽下光輝如天堂，永遠被鎖，但王子含笑，拖著老婦人，走進小茅屋去，他知道理想已達。

各方女子，若一時色相，王子終悟：宮堡之完美或茅屋之簡陋，亦一時色相，我們的理想，其實只是一遙遠的指標，引我們前走，智慧，是邊走邊顯現的。若〈汪洋〉篇的舵手，終捨棄羅盤與帆，歸合於大水，於此，作者啟示出一種積極精神：理想，是一條路，一個過程，其終點可遠至天際一粒大星，但這路自我們足下開始。

〈皮貌〉上下兩篇，探討人外在行為，並喻意皮貌有變遷，內在的真我沒有變遷，千古以來，人類終是人類，內在的均衡世界仍是相通的。

上篇「美貌」，女孩擁有的那種撩人情思，勾人魂魄，那些不自覺，又無法自制的神情，是一塊青春的皮，長大後，就消失了，再不夜夜在窗前對月流淚，她得到一個安謐的家，幻夢少了，平實的生活著。作者告訴我們：青春，是一種姿采，我們不能恃此而驕，無論你喜歡否，它總會慢慢褪色，不被追逐，也不可捉摸。

下篇「皮相」，指出人日常行為其實多虛偽，都一些雜質，人與人產生感情與相知，皆雜質外真性情之作用，即皮相下的精魂，老法師發現了這個大道理。

這個瞳孔裏面表現出來的情感才是那精魂的情感，而那臉皮所做出來的表情祇是這老人一生經歷所累積的習慣。精魂是原來有的，習慣是學會的。老法師自此就漸漸看穿了所交往的朋友的皮相，而直接與他們的精魂做朋友。

皮相隨時日衰老，精魂卻可操縱，有些人把自己保持著十七、八歲的心態，有些甚至一直是小孩，精魂年紀，才是一個人的真年紀，此乃人之超越處。小孩子與神靈相近，精魂越停在小孩歲月，越多創造力，小孩不會處事，大人該以皮相養小孩的精魂，帶它進入世間創造，借它顯示神靈。

兩則皮貌故事，說出天賦之青春不可恃，天賦之雜質應超越，後天努力可修煉出獨立自主的真我，不被時間、秉賦所限。

〈鶺鷹〉篇，明顯地說及教育問題。如何去做好一個人，是那麼困難，故應視其經驗，傳授下一代；文化越厚，教育出的新生命就應更睿智。故事裡鷹師數次跪向祖先禱告，見到他的虔誠態度，有如含著一份使命感。作者對傳統正面價值，是肯定的。

鷹師與鶺鷹朝夕相處，感情是教育之首要義，老師教導，最好不讓學生感覺他在教，老師的好意該不是一條繩子，而是春風挑撥小孩心上的泉水。

他訓練她，並不是因為他想捉鳥或捕兔。他也不想把她訓練好，轉賣給別人去用她捉鳥、捕兔。他是要教她知道怎樣竭盡她的天賦，並且做一個最有靈性的鶺鷹。

此段揭示出教育的意義，乃充分發揮人的潛能，排圖口腹之慾的準備，故鷹師採興趣教學法：每次餵飽才開始學習，那些功課就是遊戲。不要鷂鷹為了生存吃食捕鳥，要她為了遊戲而捕鳥，如此，捕鳥才會盡善盡美，後來她餓著肚子也願學習，因喜歡遊戲。人若如此，會不為名利所動，盡情實踐其理想，甚至垂節氣，捨身取義。

技術學習得完美了，最後放鷂鷹出野外覓食，開導她本來的獸性。

這個又軟，又單薄，又溫暖，又微微跳動的胸膛是鷂鷹從來沒有經驗過的，這個與她同樣有翅膀，會飛的活物，就在她自己的爪子裏改變成了她的食物。

但鷹師並不於覓食為最後一課，他與代代祖先同有一希望，望加上人性的出色鷂鷹，能尋覓得生命現象的通性，以及那裡面的道德與倫理。因此，鷹師冒險脫下皮手套，讓鷂鷹直直降落手腕上！要考驗她是否有自制能力，面對鮮美的血肉，是否仍存著靈性中的道德與情感。她愛鷹師，但也愛爪尖抓住手臂時可怕的快感，到底，慾望是迷人的，它挑動著生命，使我們感到豐實而血潮叫吼！但慾望之美，是否要充分的靈性才能欣賞呢？

終於，鷂鷹克制住，未傷害心愛的老師，決定了靈性是主宰。

〈獸言〉篇，是文化發展到終極的一個轉彎。整篇若詮釋著老莊的話：「反樸歸真」；「吾生也有涯，而知也無涯，以有涯隨無涯，殆矣！」

各國文化在這世紀正面臨衝擊，因大家都可以走出國外看世界。雖然孩子降生都是牙牙學語，但整個文化根脈是老的，我們出世就含著老血液，故事裡那位學者，象徵著一代文化。上篇表揚祖先心得之可貴，此篇，為豐厚傳統下新的一代另尋出路。故當學者歷盡世間文化，更進一步就是走出人間，碰到與人類最相近的猩猩！猩猩文化學盡了，使人想到鸚鵡呢？甲蟲呢？地球以外尚有月球！追尋是無止境的。這知識爆發的時代，人反觀所知的，只有自歎渺小，因此，我們應取適合於自己的學問，能增進幸福就夠了。書中老學者為追求知識智慧，走到猩猩世界，抽象的道理並無多少心得，卻獲到許多近身的快樂，終悟出生活之目的在生活中，此乃最踏實之人生。

人類自以為比猩猩進步，其實是自大。學問越深博，才知道每一事物都有可愛處，假使常人，當認為猩猩不足法吧？更何況鸚鵡、甲蟲？老學者之低首猩猩，使人想到本以為卑小的不是卑小。一看見卑小者其實是看見本身的缺陷，天地間，各物類有其自足之靈性。《人子》每篇都有啟發作用，〈獸言〉更使人之智慧開闊無限，其說出物各有性，為人之追求上進心打通一切路。

故事本身也有趣極了，猩猩宴會一節，充滿想像，作者說：

猩猩的語言不一定說話，有時是手勢，有時是眼圈的顏色由淺紅變成深紅……。猩猩宴會的食物豐富，有死青蛙、田鼠、蛇，也有草莓、桑椹、桃、李子……

這些文字簡直如小孩子好吹牛的得意樣子。

他所求的知識、學問，在猩猩都不重要，像桃子、李子這種植物學上的分類，在猩猩心目中都不及這菓物的色澤、香味要緊。他世代家傳的求智慧、真理的心願都不及踞坐在樹梢看晚霞，跳進清泉去戲水有意義。……自從他受了猩猩的教育，他才真領略山石、樹木之莊嚴，溪水性情之奔瀉，四季更換，及生死的至情至理。……

夏去秋來的時候，他們常常去風涼高處的山岩上靜候那繁密的蟬鳴，自寬厚聒噪的聲響，慢慢變得稀疏清脆，又漸漸添了金石的音調。

在這種時間同心情裡，他們三個常一時分不出彼此，忘了你我。

〈獸言〉整篇，就帶著泉林的清涼。

〈明還〉篇，再不能容你分析什麼比喻什麼了，因它結合得那麼完整，本身就是一個世界，彷彿作者也不知自己寫了什麼，他被一些渺茫的，曖曖生滅的意象帶領著，身不由主織出如斯一幅〈明還〉圖畫。

它觸到你心深處最脆弱的部分，它在那兒輕輕敲彈，令你舒服，隨又自憐而痛楚。歎為何今天得遇此文章，為何今天才遇此文章，寫文章的人懂得嗎？他把人心井之圖象描出，呵癢輕輕——若畫了一張符咒往那兒貼。

想講些話，恐落筆便把小小孩褻瀆了，他只是個孩子，原不懂什麼。他來是帶你看景色，看小鳥飛來跟他玩，看他十個指頭上都是螢火蟲，看他把日月兩大球往身上耍，看他抱著大球慢慢飛升。

美，無言地劃破空中。

要給第十二篇〈渾沌〉解釋，還需借作者自己的話：

> 自〈幽谷〉到〈明還〉，一篇一篇像是做加法：一加一，加一，加一。〈明還〉裏幾次呈現一種渾圓又運轉的意象，把〈渾沌〉引來。〈渾沌〉則做了乘法：變化從此不但加快，而且可能性也忽然增多，因此可以達到無窮！
>
> 於是，才在冥冥中意識到永恆。
>
> ——〈前言〉

「可能性」與「變化」，使〈渾沌〉篇很自由。作者隨意寫，讀者隨意想，全篇分十節，有些理論，有些故事。理論無組織，那些話如心智開時，一閃一閃的光，故事亦無邏輯結構，似剎那間的想像，如在打瞌睡的課堂，在人擠人的公車裡，腦袋蒸著所有你認識的人，他們自登場活動。故事內容以前十一篇作為骨幹，一些似某故事之上半，一些似某故事之下集，有時我們聽故事總愛追問：「後來怎樣了？」、「那個人以前是幹什麼的？」鹿橋就在〈渾沌〉中為我們解答。

人之一生也是一個故事，是把宇宙破開看到一個片段，祖先是我們的上集，兒孫是下集，誰在冥冥中為我們解說呢？

人生之每個小節也有其前因後果，有無限的可能性，把〈渾沌〉篇小故事與前面大故事相對，會啞然失笑，以前認為看得完全的事，原來不過是許多可能性，許多變化中的某一面而已。

作者把故事的另一面也翻了出來，若幕終了，後臺旋轉作前臺，角色好，演員本身就有其可歌泣之故事，人在看罷幕前幕後，得到慧悟而解救。故作者說：「看了〈渾沌〉之後，〈汪洋〉就再也約束不了那少年航海手了。」

〈不成人子〉，是附加的一篇壓最後，以前十二篇講人生經驗，是做了「人」才可聽懂的，作者另寫此未成人的世界，就要將人的世界烘托出。

生而為人，是很幸運的事。要常常記住自己難得的機遇，珍惜這可寶貴的身世，也要常常想念著那些不得生為人子的萬象生靈。

「那些」就是躲在東北吉林省，常走出來想學人樣的蹩犢子。他們在黑暗陰濕中過活，期待著人世界的明朗。做人很難，做不成，就變作野獸。我們既是人的模樣，是修煉了好幾千年的成果哩！故應該珍愛它。

珍惜的心念，將萬事萬物都翻出了意義。

珍惜，人就變得步步勤謹、踏實。

懂得珍惜，人該減少些煩惱。

人常因不知自身環境，故茫昧苟且度日，若看出每一環境都是獨一無二的存在、都會變遷時，就知積極了。這意思每人都曉，尤其面臨失敗時，但少有人能就自己一生去想，去參悟這道理。

鹿橋帶我們這樣想。

書中文辭簡單，以最快的方法使你明白，它無花巧，但很中用，故耐看。初接觸或許覺它淡些，且像小學生初寫文章不懂形容，慢慢卻感到它美在骨子裡，不在每字每句，而在整段、整篇的氣氛中，例如〈皮貌．美貌〉篇：

> 夢裏她好像又受了什麼旨意支使那樣，把被蓋、衣服都丟掉了，都棄到地下，而光就照在她整個勻稱的少女的肢體上。這柔和的月光，比任何衣服、材料都更能配合她好看的身體。
>
> 就這樣，月亮就停在天上不動，一直用她的寒光浸潤這女孩，女孩的皮膚，就慢慢開始吸收得透明了，又像冰雪、又像水晶。

這是一種柔和的美。再看〈鷂鷹〉篇：

> 出門的盔也有好幾頂，有的上面有羽毛，有的有鈴，若是戴著有鈴的，他們就在一串鈴聲裏，穿林越野。若是戴的是沒有鈴的，他們就一同欣賞這靜寂的旅程。
>
> 蒙了頭盔，架在她主人的手腕上，這鷂鷹就這樣經歷了秋天的寒霜、冬天的風雪。她雖然看不見這些景緻，但是她聽得出來馬蹄下霜草枯折的輕響，也覺得出深雪裏那艱難的馬步，馬慢了下來，她耳邊也就沒有風霜了。
>
> 雪把馬蹄的聲音深埋在一片深寂裏，鷂鷹的心就為想像所充滿。

鷹師要貫徹其拔乎眾流的教育理想就是孤獨的，這段文字寫出這孤寂的美。

若把鹿橋文章比作一女孩，這女孩是善良可愛的，例如〈幽谷〉中各小花，一心一意為那蓓蕾祝福，忘記比不上人家的自卑或嫉妒；例如〈花豹〉中平原的豹子、野山裡的豹子，各自尋路到賽會場中，就單純為了比賽或欣賞；例如〈皮相〉裡老法師都不似「老」人，他竟專心摸那塊裂開的皮，還試著將皮撕開，想道：「這傷口弄了半天也不痛，反正不流血，若是弄大了，又痛又流血呢？那就趕快停，趕快上藥也不遲。」這想法竟有小孩子的好奇冒險精神了，不過大人內心恐都會有像小孩的時候，被鹿橋指出覺得很好。

她又帶一雙聰慧的大眼，你從瞳孔望進去，清幽幽的是一泓水，她審查事物不會加多，也不會減少，只把它完整反映出來，鹿橋的形容方式就這樣。文字樸素，其美在意境，這境界就是人性之美，大自然之美。

《人子》此書，一片是生機，在這是非不明戰亂動盪之時代，作者對人性堅執的信念，至為難能可貴。寫實文學作品使人反省，《人子》則做了提升作用，使人大著膽子，睜著眼睛，冒了危險，爽直地、渴慕地向著善，愛著美。

它的涵意嚴肅，表達方式卻不嚴肅，若一個智者把累積的經驗編成故事，說給愛聽故事的小孩聽。

大家圍著，有些伸長腳直直坐地上；有些聽一個故事滾一個筋斗；有些側躺地上托起腮來；有些伏他膝上微微笑，大家要不停地動著，聽聽又看看天上雲朵有沒有小花豹與仙女，雖然有些懂有些不懂，但這都沒有關係，聽著聽著，手和腳的泥巴若被水慢慢沖洗了，皮膚光溜溜的，我們都因心裡喜歡，臉兒紅得亮了，母親們也很高興，都說：「你們就聽故事吧，不用做功課了，今天你們身子乾淨，也不用洗澡了」。

國家圖書館出版品預行編目 (CIP) 資料

人子：9 歲到 99 歲都適讀的寓言故事集 / 鹿橋著. -- 二版. --
新北市：臺灣商務印書館股份有限公司, 2022.02
352 面；14.8×21 公分. -- 鹿橋全集
ISBN 978-957-05-3386-6(平裝)

857.63 110020553

鹿橋全集

人子
9 歲到 99 歲都適讀的寓言故事集

作　　者—鹿　橋
發 行 人—王春申
選書顧問—林桶法、陳建守
總 編 輯—張曉蕊
責任編輯—何宣儀
封面設計—萬勝安
內頁設計—菩薩蠻電腦科技有限公司
營　　業—王建棠
行　　銷—張家舜
影　　音—謝宜華
出版發行—臺灣商務印書館股份有限公司
23141 新北市新店區民權路 108-3 號 5 樓（同門市地址）
電話：（02）8667-3712　傳真：（02）8667-3709
讀者服務專線：0800056196
郵撥：0000165-1
E-mail：ecptw@cptw.com.tw
網路書店網址：www.cptw.com.tw
Facebook：facebook.com.tw/ecptw

局版北市業字第 993 號
初　　版：2007 年 5 月
二版一刷：2022 年 2 月
印刷廠：沈氏藝術印刷股份有限公司
定價：新台幣 480 元
法律顧問：何一芃律師事務所